婚活食堂3

山口恵以子

PHP
文芸文庫

○本表紙デザイン＋ロゴ＝川上成夫

目次

目次・章扉デザイン——大岡喜直（next door design）
イラスト——pon-marsh

婚活食堂3

一皿目

春野菜に愛を込めて

四月も後半になると、季節は春から初夏に近づく。ゴールデンウィークは目の前だ。

空は青く晴れ渡り、上着のいらない暖かな日が続き、街路樹の葉の緑は鮮やかさを増していく。

そして日も長くなる。冬の間は午後五時といえば陽《ひ》が落ちて暗くなったものだが、今は開店時間の六時でもまだ完全に陽が沈みきっておらず、ほんのりと明るさが残っている。

恵《めぐみ》は店の外に暖簾《のれん》を掛け、立て看板の電源を入れて点灯し、掛け札を裏返して「営業中」にした。

店内に戻ってカウンターに入ると、すぐにガラス戸が開いて口開けのお客さんが来店した。

「いらっしゃいませ」

「こんにちは」

その顔を見て、恵は思わず微笑《ほほえ》んだ。先週、フラリと顔を出してくれたお客さんだった。前回は同年配の男性と二人連れだったが、今日は若い男性を連れている。

「先生、こちらにはよく?」

若い方の男性が訊《き》くと「先生」は首を振った。

「いや、先週たまたま……意外と良い店だったんでね」

「先生」の年齢は六十くらい。背がすらりと高く、知的な顔立ちで態度物腰も品が良く、柔らかでよく通る声の持ち主だった。周辺は学校や病院がいくつもあるので、教育、または医療関係の人だろうか。

一方の若い男性は非常に目立つ存在だった。年齢は四十になるやならずで、モデル並みの容姿をしていた。しかもその顔に軽薄な印象はまるでなく、冷徹と言ってよいくらい知性と意志が突出している。ジロジロ見ては悪いと思って目を逸《そ》らしたが、見られることに慣れている感じがした。

「お飲み物はなんになさいます？」

おしぼりを手渡しながら訊くと、「先生」は前回と同じく生ビールの小を注文した。

「武林《たけばやし》君は？」

「僕も同じで」

二人はカウンターに並んだ大皿に目を遣《や》った。

「お通しはこの中から選ぶんだったね？」

「はい。お願いします」

今日の大皿料理は蕗《ふき》と油揚げの煮物、春キャベツのコールスロー、新じゃがと鶏肉の含め煮、卵焼き、新ゴボウのきんぴらの五品。お通しは小皿に盛って三百円、単品料理で注文した場合は小鉢に盛って五百円になる。

「困ったな。どれも美味《うま》そうだ」

先生は少し嬉しそうに呟《つぶや》いて、しばし考え込んだ。

「ええと……蕗の煮物をお通しで、それから新じゃがは単品で。大好物なんですよ」

「僕はきんぴら下さい」

「ありがとうございます」

そのとき、恵は何故《なぜ》か背筋がひやりとした。武林の中の何かに反応したのだ。思わず振り返って目を凝《こ》らしたとき、武林のスマートフォンが鳴った。

「失礼します」

ジャケットからスマートフォンを取り出して画面に目を落とすと、忌々《いまいま》しげに顔をしかめた。

「先生、申し訳ありません。研究室でトラブルがあったみたいで」

武林は素早く立ち上がり、頭を下げた。

「かまわんよ。行ってやりなさい」

先生は鷹揚《おうよう》に答えて手を振った。

「すみません。失礼します」

武林はもう一度頭を下げると、小走りに店を出て行った。

恵は正直、ホッとしていた。詳しくは分からないが、武林には不穏《ふおん》なものを感じる……。

恵が武林の席を片付けている間に、先生はじっくりと壁に掛けた「本日のお勧め料理」を眺《なが》めた。

空豆、ホタルイカ、青柳《あおやぎ》と筍《たけのこ》とワケギのぬた、タラの芽とこごみの天ぷら、アサリのかき揚げ、白魚《しらうお》の卵とじ。

先生はビールを呑《の》み、新じゃがと鶏肉の含め煮に箸《はし》を伸ばした。新じゃがは皮付きでよく洗い、鶏肉とオリーブオイルで炒め、含め煮にした。彩りにグリーンピースを入れてあるので見た目も美しい。

先生はグリーンピースを箸でつまんで、意外そうな顔をした。

「この豆、美味いね。缶詰じゃないでしょ？」

「はい。さや付きで売ってた旬のものです」

恵は内心で「やったね！」とガッツポーズをした。細かい手間暇を分かってくれるお客さんはあまりいない。

「う～ん、こっちも迷うなあ。どうするか……空豆とホタルイカ、それと、ぬた下さい」

「はい。かしこまりました」

先生はグラスのビールを呑み干した。お通しの皿は空になり、小鉢の煮物も半分以上食べている。

恵はまず空豆を器に盛って出した。塩茹《しおゆ》でしただけだが、旬が短いので、この季節の小料理屋では欠かせない一品だ。

「お酒、何がある？」

「今日は喜久酔《きくよい》と日高見《ひたかみ》になります。喜久酔は静岡、日高見は宮城のお酒です。どちらもさっぱりとした上品な呑み口ですから、おでんにもお刺身にも合いますよ」

「じゃあ、喜久酔の方からもらおうかな。一合、冷やで」

恵はガラスのデカンタに酒を注いだ。お燗《かん》のときは瀬戸物、冷やはガラス製と使い分けている。

武林のことは敢《あ》えて訊かないようにした。不穏な人物とは関わり合いを避けるのが一番だ。

「どうぞ」

最初の一杯目をお酌《しゃく》して、恵はおでん鍋の方を手で示した。

「おでん、今日から筍と新玉ネギを入れました。季節物ですから、よろしかったら召し上がって下さい」

「筍か……今年初かも知れない」

先生は目を細めた。

「折角だから、お勧めの筍と新玉ネギをもらおうか。それと、葱鮪《ねぎま》と牛スジも。この前、それがとても美味かった。忘れられなくてね。今日もつい、足が向いてしまった」

「まあ、ありがとうございます」

筍は米ぬかを入れた水で皮ごとじっくり下茹《したゆ》でする。えぐみを抜いて柔らかくするためだ。それから皮を剝《む》いて縦長に切り、おでん鍋で煮て味を含ませる。新鮮な筍はシンプルな調理と味付けがよく合う。一口嚙《か》んだ瞬間、口に広がる豊かな香り、甘さ、仄《ほの》かな苦《にが》みは春の野菜の特徴かも知れない。

「……」

先生は筍を口に含み、うっとりと目を細めた。

「こんばんは」

やがて二番手のお客さんが訪れた。常連のサラリーマン三人連れだ。それを切っ掛けに次々とお客さんが入ってきて、十席のカウンターは満席となった。

「お勘定《かんじょう》して下さい」

二本目の日本酒、日高見を呑み干した先生が声をかけてきた。

「先生、領収書は如何《どう》なさいますか?」

恵がレシートを渡して訊くと、先生は「いや、結構」と断った。

「どうもありがとうございました」

釣り銭を渡してから、恵はカウンターを出て先生に頭を下げた。一人で切り盛りしている店なので、行き届かないことも多い。せめてお帰りのときだけは、カウンターから出て見送るように心掛けている。

「ご馳走《ちそう》さま。めぐみ食堂のめぐみは、季節の恵みだね」

「まあ、先生。過分なお言葉を頂戴《ちょうだい》して、ありがとうございます」

「先生は勘弁して下さい。僕は新見《にいみ》といいます」

新見は苦笑を浮かべ、「それじゃ、また」と軽く手を振って店を出ていった。

四《よ》ツ谷《や》駅から徒歩一分ほど、千代田区から新宿区に一歩入った辺りにしんみち通りという、長さ百五十メートルほどの路地がある。道の両側はほんの数店舗を除いてすべて飲食店、それも高級店ではなく、学生やサラリーマンが気軽に入れる店ばかりだ。

そのしんみち通りに店を構えるめぐみ食堂は、食堂とは名のみのおでん屋だが、店の歴史は結構古く、先代女将《おかみ》が店を開いたのは前回の東京オリンピックの年だった。その後、今から十二年前、現女将の玉坂《たまさか》恵が引退した先代女将から店を居抜きで買い、経営を引き継いだ。

実は、恵は元は人気占い師であり、飲食業の経験のないずぶの素人《しろうと》だったのだが、すべて「ありもの」を鍋に入れれば格好の付く「おでん」という料理が幸いして、なんとか店を続けることが出来た。そして、必死の努力で少しずつ調理の腕も上がり、いつしか「おでんと季節料理の店」にレベルアップしたのだった。

ところが二年前、隣の店からのもらい火で、店の入っていたビルが全焼してしまった。もちろん、めぐみ食堂も灰燼《かいじん》に帰《き》した。

普通なら路頭に迷うところだが、不思議な縁で交流の続く不動産賃貸業の経営者・真行寺巧《しんぎょうじたくみ》の厚意で新宿の小料理屋の雇われ女将になり、昨年同じ場所に建て替えられたビルの一階の店舗に復帰することが出来た。

怪我《けが》の功名《こうみょう》と言うべきか、女将修業は無駄ではなく、料理のレパートリーも増え、酒の知識も広がった。

リニューアルオープンした今の店では、カウンターにずらりと並んだ大皿料理と、日替わりのお勧め料理も評判が良い。気楽に飲み食い出来る値段なので、勤め帰りのサラリーマンや近くのマンション住まいの単身者が、夕飯と晩酌を求めて立ち寄ってくれる。食卓代わりに利用してくれるお客さんが増えて、経営も安泰《あんたい》だ。

まずはめでたしめでたし。

しかしこの世の中、一難去ってまた一難、平穏《へいおん》無事は長く続かない。めぐみ食堂にも新たな火種が持ち込まれようとしていたのだった。

翌日九時を回った頃、新たにお客さんが二人入ってきた。

「あら、まあ。いらっしゃい」

意外にも真行寺巧だった。めぐみ食堂が入っているビルのオーナーでもある。夜でも「黒眼鏡《くろめがね》」に近いサングラスを掛けているのは、右瞼《みぎまぶた》に残るケロイドの痕《あと》を隠すためだ。

普段、営業中のめぐみ食堂に来ることは滅多《めった》にない。更に珍しいことに女性連れだった。

「どうぞ、どうぞ」

ちょうどOL二人組が帰ったばかりで、カウンターには空席が二つあった。恵は空席を勧めておしぼりを出し、さりげなく連れの女性を観察した。六十前後の、優しそうな顔立ちの女性だ。どこかで会った記憶があるが、名前が出てこない。

「愛正園《あいせいえん》の事務の大友《おおとも》まいさんだ」

真行寺が助け船を出して紹介した。

「ああ、失礼しました。お見それしちゃって」

愛正園は、ある事情から真行寺が後見することになった江川大輝《えがわだいき》という少年の入所している児童養護施設だった。真行寺自身が愛正園の出身であり、現在では、名前は表に出さないが財政援助も行っている。

「今日はお二人で、お珍しいですね」

「先日真行寺さんが園に寄って下さったとき、四月から四谷《よつや》に引っ越すってお話ししたんです。そうしたら、玉坂さんの店が駅の近くにあるから、時間の空いたときに案内して下さるって」

まいの言葉に恵は耳を疑った。無愛想で横柄《おうへい》な日頃の真行寺とは思えない親切さだ。それとも、恵以外の女性に対しては愛想が良いのだろうか。

「お心遣い、ありがとうございます」

恵はいくらか困惑して頭を下げた。

「大輝に何かあったとき、近くに知り合いがいた方が便利だからな」

真行寺はポーカーフェイスで答えたが、常日頃から大輝のことを気に掛けているらしい。大輝の母の美里《みさと》が栄養士の学校へ行くための学費を援助してやったという、それだけの縁だったのだが、若くして亡くなった美里に代わって大輝の後見を引き受けた。

母を喪《うしな》い、父は行方《ゆくえ》不明、伯母は国外逃亡同然ということに心細い境遇の幼い大輝にとって、気に掛けてくれる大人がいることが、どれほど心強いことか。しかも真行寺は頼りになる大人だ。

「お飲み物は何になさいますか」

「生ビール。小で」

「じゃ、私も同じものをお願いします」

初めて来店したまいは、おしぼりで手を拭《ふ》きながら、珍しそうに大皿料理を眺めている。

「本日の大皿料理は新じゃがの揚げ煮、アサリの卵炒め、若竹煮、アスパラベーコン、新キャベツとスモークサーモンの重ね漬《づ》けになります。お通しはこちらから一品選んで下さい」

まいが大皿を指さした。

「この、新キャベツとスモークサーモンの重ね漬けというのは、北海道のニシン漬けみたいなお料理ですか」

新キャベツの緑とスモークサーモンのピンクがミルフィーユ状に重なった漬物《つけもの》は、目にも鮮やかだ。まいの目も輝いている。

「似ているところはあるかも知れませんが、一時間しか漬けていないので、漬物というよりサラダに近いと思います。味付けは塩麹《しおこうじ》を使っています」

「私、それ下さい」

まいが重ね漬けを頼むと、真行寺は「若竹煮」と注文した。

飲み物に続いてお通しを出すと、まいはすぐに箸を伸ばした。

「ああ、本当！　スモークサーモン、爽《さわ》やかだけど食べ応《ごた》えがあるわ。脇役じゃなくて主役の感じ」

一口食べて大きく頷《うなず》き、恵へ視線を向けた。

「さすが真行寺さんがお勧めのお店ですね。おでん屋さんだけど、季節のお料理も充実していて」

そして、壁に掛けた本日のお勧め料理に目を走らせた。

鯛《たい》の昆布《こぶ》締《じ》め、ホタルイカとウドのぬた、茹でアスパラ、空豆・アボカド・ミニトマトのバジルソース和《あ》え、タラの芽とこごみの天ぷら。このうち天ぷらとぬたは売り切れで、線を引いて消してある。

まいは何を選んで良いか迷っている様子だった。

「今日の一押しは鯛の昆布締めです。軽くしか締めていませんけど、お刺身とはひと味違うので、お試しにどうぞ」

「商売が上手《うま》いな。それじゃ、昆布締め」

真行寺が即座に応じると、まいも続いた。

「私も昆布締めで」

昆布締めも漬物と同じく、やってみれば簡単な料理だ。鯛の冊《さく》に軽く塩を振り、酒で表面を拭いた昆布《こんぶ》に挟み、ラップで包んで冷蔵庫で一晩置くだけで出来上がる。塩で余分な水分を吐き出し、昆布の旨味《うまみ》を吸い込んだ生の鯛は、見た目は刺身と大差なくとも、一口食べればその違いに驚くだろう。ねっとりした食感が昆布の旨味を舌にまとわせてくれる。

恵は二人の前に昆布締めの皿を置き、ポン酢の小皿を添えた。

「ワサビだけで召し上がっても美味《おい》しいですよ」

昆布締めに箸を伸ばそうとした手を止めて、真行寺が訊いた。

「今日の、日本酒は？」

「磯自慢《いそじまん》と澤屋《さわや》まつもとになります。磯自慢も美味しいですけど、澤屋まつもとは昆布出汁《だし》の利《き》いた煮物と相性抜群なので、昆布締めにはピッタリだと思います」

「じゃあ、それにしよう。大友さんはどうされますか」

「私も同じもので」

「かしこまりました」

恵はデカンタに酒を注ぎながら、真行寺の胸中をおもんぱかった。

大友まいは愛正園の事務職員で、真行寺は名前こそ出さないが園に財政面の支援を続けていて、謂《い》わば理事のようなものだ。それでもまいに接する態度には少しの尊大さもなく、むしろ気を遣っている様子さえ窺《うかが》える。それは昨日今日始まったことではなく、実業界で成功する前からずっと、自分の世話になった施設に対して取り続けてきた姿勢に違いない。

仕事では辣腕《らつわん》を振るう実業家だが、もしかして、老年に向かう中で、妻も子供も持ったことのない人生に寂しさを感じるようになったのだろうか。その寂しさ故に、本来なら面倒を見る筋合いのない大輝に手を差し伸べる気になったのだろうか。

恵にとっても他人事《ひとごと》とは思えない。人生百年時代と言うが、すでに折り返し点を過ぎてしまった。この先、今までと同じ年数は生きられない。今まで出来たことも出来なくなっていくだろう。

ふと気が付けば、ゴールを見据《みす》えて逆算して考えることがある。十二年前は前だけを見つめていたというのに。

「大根とコンニャク、がんもどき」

真行寺の声で我に返った。

「はい。大友さんもおでん、何か如何《いかが》ですか」

「ええと、大根と玉子。この串は何ですか」

「こちらが牛スジ、こちらが葱鮪……中トロと深谷《ふかや》ネギです」

「じゃあ、牛スジと葱鮪も下さい」

まいは牛スジを眺めて嬉しそうに言った。

「お肉たっぷりですね。コンビニの牛スジと全然違う」

「ありがとうございます。牛スジと葱鮪は、当店の自慢なんですよ」

おでんを皿に取って出すと、サラリーマン三人組から声がかかった。

「ママさん、お勘定して」

「はい、ありがとうございます」

時間は十時を過ぎ、お客さんたちは一人、二人と帰り始めた。

「こっちも勘定頼む」

真行寺が片手を挙げた。

「今日はお付き合いいただいて、ありがとうございました」

「とんでもありません。こちらこそすっかりご馳走になりました」

席を立つと、真行寺とまいは交互に頭を下げた。

恵もカウンターを出て、二人に挨拶《あいさつ》した。

「本日はどうもありがとうございました」

真行寺がぐるりと店を見回して、まいに言った。

「こういう、いたって気取りのない店ですから、また顔を出してやって下さい」

「はい、もちろんです。おでんもお料理も美味しくて、すっかりファンになりました。また近いうちにお伺いします」

「どうぞよろしくお願いします」

恵は通りまで出て二人を見送った。真行寺は駅の方へ、まいは反対方向へと歩いて行った。真行寺はいつも運転手付きの車で移動しているので、どこかで待たせているのだろう。

それが合図のように、残っていたお客さんたちも腰を上げ、十時半にはカウンターは空になった。

恵が暖簾をしまおうと外に出ると、真行寺がこちらに歩いてくる。

「あら、忘れ物ですか」

「ちょっと話がある。閉店の片付けが終わってからで構わない」

そう言ってもう一度カウンターに腰を下ろした。

暖簾と立て看板をしまい、「営業中」の掛け札を「準備中」にひっくり返して、恵は店に戻った。

「ビールでも如何ですか」

「構わなくて良い。もう営業時間外だ」

「それじゃ、私だけいただきます」

恵はグラスを二つ出し、瓶《びん》ビールの栓《せん》を抜いて注いだ。真行寺は乾杯の真似《まね》もせず、グラスに口を付けた。

「お話ってなんでしょう?」

「ゴールデンウィークはどうする?」

「はあ?」

「店は休みか」

「カレンダー通りの予定です。無理してお店を開けても、会社も学校もお休みなので」

「……そうだな」

真行寺は納得したように頷いた。

恵は敢えて「どうしてそんなことを訊くんですか」とは尋ねず、次の言葉を待った。

「俺は五月の初めから一週間、仕事で海外に行く予定だ。その間、大輝のことを頼めないだろうか」

　真行寺は言いにくそうに顔をしかめた。

「ゴールデンウィークには、一時的に施設から家に帰る子供もいる。もちろん、家に帰れない子供が大半だが……。しかし、折角の大型連休にどこにも遊びに行けないのは、大輝もつまらないだろう」

「真行寺さんも大変ですね。気苦労が増えて」

　恵が言うと、照れ隠しなのか、また顔をしかめた。

「私はOKですよ。で、どうしましょう？　どこに連れて行きましょうか。ディズニーランド、ディズニーシー、国立科学博物館、東京タワー、スカイツリー……どこが良いですか」

「知るか」

「そう言わないで、考えて下さいよ。子供の頃の真行寺さんだったら、どこに行きたいと思いましたか」

「俺が子供の頃はディズニーもスカイツリーもなかった」

「東映まんがまつりは？」

「知らん」

「東宝チャンピオンまつりは？　怪獣映画の」

「あったかも知れないが俺は知らん」

素《そ》っ気《け》ない答えで、恵はやっと気が付いた。真行寺は崩壊した家庭で、虐待されて幼少期を過ごした。幼い頃に両親と過ごした楽しい思い出など、ないのかも知れない。

「男の子の喜びそうな所を考えてみます。ディズニーは良さそうだけど、きっと混みますよね。動物園、水族館、遊園地と……、目黒の寄生虫館はリアルすぎて行くの怖いし」

恵はことさらに明るい口調で言った。

「施設で仲の良い子も何人か誘って、一緒に遊びに行くのが良いかも知れませんね。大輝君だって、よそのおばさんと二人きりより、友達と一緒の方が楽しいでしょうし」

真行寺は初めてしかめていた顔を元に戻した。

「そうだ。それが良い」

そして、真っ直《ます》ぐ恵に顔を向けた。

「すまんが、よろしく頼む。俺は子供が苦手なんだ。大輝一人でも手に余るのに、三人も四人もそばにいられたら、それだけでノイローゼになる」

「正直なご意見ですこと」

恵も若い頃は子供が嫌いだった。しかし、年を取るにつれ、徐々に苦手意識が薄れてきた。大輝に対しては、関わってしまった経緯のせいか、親近感さえ抱いている。そもそも大輝の伯母が、「真行寺の隠し子だ」と言いがかりをつけて一騒動起こしたのが始まりだった……。

「軍資金だ。足りない分は請求してくれ」

真行寺は上着の内ポケットから札入れを取り出し、一万円札を五、六枚つかんでカウンターに置いた。

恵は腰に両手を当てて、大袈裟《おおげさ》に溜息《ためいき》を吐《つ》いた。

「もういい加減、こういうことするの、やめて下さいよ。それでなくたってお世話になりっぱなしで心苦しいんですから」

十二年前占い師を廃業したときも、一昨年ビル火災で焼け出されたときも、真行寺の助力なくしてはとても立ち直れなかった。

家族でも愛人でもない恵に、真行寺がそこまでして親身になってくれる理由はただ一つ、恵の占いの師だった尾局《おつぼね》與《あたえ》が、真行寺の命の恩人だったからに他ならい。亡き師への恩義と、真行寺の厚意に対して、恵は一生懸けても報いきれないと思っている。

「無料《タダ》ほど高いものはないからな。そもそも、こんなことで借りを作るのはまっぴらだ」

真行寺はフンと鼻で笑って、後ろも見ずに店を出て行った。

翌週の月曜日は二十七日、水曜日は昭和の日で、いよいよゴールデンウィークの幕開けだった。

めぐみ食堂を訪れるお客さんたちの話題も、自然と大型連休になる。

「ママさんはどうするの？」

ほとんどのお客さんが話のついでに訊いてくれる。

「家でまったりしてます。ただ、親戚が一家で東京に出てくるんで、子供達だけ遊びに連れて行ってあげようと思うんです。夫婦は水入らずで東京見物させて。それで、どこか子供の喜びそうな所ってご存じないですか」

恵もここぞとばかり情報収集に励む。

「お子さんっていくつくらい？」

「六歳です。来年小学校」

「それじゃあ、原宿や渋谷ってわけにもいかないなあ」

「男の子？　女の子？」

「男の子ですけど……」

愛正園で大輝が仲良くしている子供は誰なのか、恵は把握《はあく》していない。大友まいに訊いてみなくては。

「東京ドームシティなら子供向けの施設が二つあるよ。大人も楽しめる普通の遊園地と、幼児向けの『ＡＳＯＢｏｎｏ！《アソボーノ》』っていうのと。うちの子が幼稚園の頃連れてったけど、夢中で遊んでたな」

「まあ、そうなんですか。知らなかった」

「無難なとこで動物園は？　多摩《たま》とか上野とか」

連れの男性も口添えした。

「ママさん、キッザニア東京って知ってる？　豊洲《とよす》にあるんだけど、運転士とか消防士、モデル、シェフ、その他、色々体験出来るの。従妹《いとこ》が子供連れて行って、すごく良かったって言ってたわ」

女性二人連れのお客さんも提案してくれた。

「よみうりランドは？　外国人観光客にも人気あるみたいよ。遊園地ってお子様スポットの王道だし」

「お台場《だいば》のアネビートトリムパークも良いですよ。屋内施設だから雨が降っても平気だし、近くのショッピングモールにはフードコートも充実してるし」

「千葉や埼玉まで足を伸ばせば、苺《いちご》狩りが出来るわよ。バスツアーもあったと思う」

恵は両手を揃《そろ》えて、カウンターのお客さんに最敬礼した。

「皆さん、貴重なご意見、ありがとうございます。これからじっくり検討して、選ばせていただきます」

八時を過ぎると、開店から来ていたサラリーマン二人連れが席を立った。すると入れ替わりのように入り口が開き、新しいお客さんが入ってきた。

「まあ、いらっしゃいませ！」

恵は声を弾ませた。大友まいだった。先日来てくれたばかりなのに、こんなに早く再訪してくれるとは。「また来る」と言ってくれたが、たいていの場合「またとお化けは出ない」のだ。

「さ、どうぞ」

空いているカウンターを勧め、おしぼりを差し出した。

た。


「生ビール、小で」

まいは大皿料理を眺めながら言った。

恵は話の接ぎ穂《つほ》に、まいが四月に四谷に引っ越してきたという話題を振ってみた。

「そう言えば、もう、お荷物は片付きましたか」

「ええ。一人暮らしだし。いらない物は引っ越すときに処分したから」

「前はどちらの方にお住まいだったんですか」

「葛飾《かつしか》区の柴又《しばまた》」

「まあ、寅《とら》さんの？　有名なところですね」

「映画のお陰でね」

まいは遠くを見るような目になった。

「五年前に主人が亡くなって、一人で住むには広すぎたんだけど、猫がいたものだから。その仔《こ》も去年の暮れに亡くなって、いよいよ一人になってしまって。……それで、思い切って」

「長くお住まいのお宅なら、離れがたい想いもおありだったでしょうね」

「ええ。でも、かなり老朽化していたのも確かだし」

まいは一度言葉を切り、おでん鍋を眺めた。

「ええと、牛すじと葱鮪、つみれ。さつま揚げも」

それから棚に並んだ日本酒の瓶を見上げた。

「今日お勧めのお酒は何かしら？」

「王祿《おうろく》と奥播磨《おくはりま》です。どちらもコクと旨味のある美味しいお酒ですが、王祿は涼やかで端正、奥播磨はフルボディの感じでしょうか」

「じゃ、王祿を下さい」

注文を済ませると、まいは住まいの話に戻った。

「これからのことを考えると、やっぱり一戸建てよりマンションの方が安心だから。ゴミ出し、回覧板、町会の付き合い……そういうものが段々億劫《おっくう》になってきていたの。今だってこの調子なのに、十年先、二十年先を考えるとねえ」

「よく分かります」

若い頃は何とも思わなかったことが、年を取るにつれて負担になる。恵だって急に一戸建てに引っ越して、町会の付き合いやゴミ出しで煩《わずら》わされたら、ストレスで具合が悪くなるかも知れない。

「でも、柴又から四谷は、随分と離れていますね」

「実は、偶然なの。三丁目の方に猫カフェがあって、そこへ行った帰りに、たまたま不動産屋の広告で今のマンションを見つけたの。それまで何ヶ月探しても適当な物件が見つからなかったのに、あっという間に決まるんだから、これもご縁かしらねえ」

「そうです」

恵は確信を持って頷いた。

「家も結婚も、決まるときは早いんですよ」

いきなり結婚を例に出されて、まいは怪訝《けげん》な顔をした。

「店のお客さんで、結婚なさった方が何人かいらっしゃいます。皆さん、出会ってから結婚まで早かったですよ。結婚相談所の統計でも、成婚したカップルは出会いから半年以内で決まるそうです」

「考えてみれば、家も結婚も長いお付き合いになるのよねえ」

まいは納得した顔で言ってから、寂しそうに目を伏せた。

「それにしてもペットロスって、本当ね。主人が亡くなったときも、ここまで落ち込まないで立ち直れたっていうのに、ミーコがいなくなってから、毎日が虚《むな》しくて……。園にいるときは同僚や子供達が一緒だから大丈夫なんだけど、仕事が終わって家に帰ると、なんだかねえ。真っ暗な部屋で、ひとりぼっちで」

　恵は身につまされた。ペットを飼った経験はないが、仕事を終えて誰もいない部屋に帰る寂しさは身に沁《し》みている。猫カフェに通って猫のいない寂しさを紛《まぎ》らわせている、まいの姿を想像すると、同情を禁じ得ない。

「大友さん、新しい猫を飼っては如何ですか。ミーコちゃんを喪った悲しみは、他の猫にしか癒《い》やせないと思うんです」

　恵の知人にも、十九年連れ添った猫に死なれ、ボランティアを通じて保護猫を引き取った女性がいる。

「彼女は、決して前の猫を忘れたわけじゃない、愛情は永遠に続く。でも身代わりではなくて、新しい生活のパートナーとして、別の猫を受け容《い》れたいと言っていました。その気持ちはよく分かるし、前向きで素晴らしいと思うんです」

　まいは悲しげに首を振った。

「それも考えたんだけど、ダメなのよ。里親の年齢制限に引っかかってしまって」

「年齢？　大友さん、まだお若いじゃありませんか」

「六十二歳よ」

　まいはやるせなさそうに溜息を吐いた。

「NPO法人なんかの里親募集だと、六十歳以上の人は断られちゃうのよ。後見人ていうか、引き取った犬や猫を自分が世話出来なくなったとき、代わりに世話してくれる人がいればOKらしいんだけど。生憎《あいにく》うちは子供がいないし、兄はいるけど、兄嫁は猫が嫌いだし、完全にお手上げよ」

そう言うと、外国人のように両手を肩の高さに上げた。

「でも、それはちょっとひどいですね。人生百年時代って言われてるのに。日本人の平均寿命を考えても、六十歳の人はあと二十年は確実に生きられるはずですよ」

「まあ、確かに年齢と共に衰えていくのは事実だから、こっちも強くは言えないけど。でも、ショックだったわ」

まいはデカンタを取ってグラスに注いだ。残りの酒はわずかしかなく、グラス半分にも満たなかった。グラスを見る目に迷いが感じられた。もう少し呑みたいが、あと一合は多すぎる……。

他にお客さんはもういなかったので、恵はすかさず申し出た。

「お店から一合サービスします。二人で乾杯しましょう」

「まあ、嬉しいわ。ありがとう」

「お酒はどちらになさいます？」

「そうね。折角だから、今度は奥播磨をお願い」

まいはおでんの牛スジと葱鮪を追加した。

「乾杯！」

恵はグラスを合わせて口を付けた。

「ただねえ、少し年のいった猫なら、譲渡してもらえる可能性もあるらしいの」

「つまり、飼い主さんの方が長生きするだろう、と？」

「そうそう」

まいは奥播磨のグラスを軽く傾けた。

「ミーコは野良《のら》ちゃんの産んだ仔でね。やっと目が開いたくらいのときに保護したから、本当は赤ちゃんから育てたいんだけど、贅沢《ぜいたく》は言えないわね。もし、うちに来てくれる仔がいたら、生涯最後の猫になるでしょう。そのつもりで一生懸命お世話するつもり」

「良い仔が見つかるといいですね」

「ありがとう」

二人はもう一度乾杯した。

「そうそう、お尋ねしたいことがあるんです」

　恵は大輝のことを思い出した。

「真行寺さんに頼まれて、大輝くんと仲の良い子を二、三人、ゴールデンウィークに遊びに連れて行きたいんです。でも私、子供の喜びそうな場所を知らなくて。お客さんにもアイデアを出していただいたんですけど……」

　恵がお客さんに聞いた候補地を挙げると、まいは眉《まゆ》をひそめた。

「ゴールデンウィークはどこも全部混みますよ。キッザニア東京なんて、その時期は四ヶ月以上前に予約しないと、職業体験は無理」

「四ヶ月前ですか⁉」

　甘かった……恵は自分のうかつさに、ほぞを噛んだ。

「あのう、一つくらい、今からでも大丈夫なお子様スポットはないでしょうか」

「そうねえ……比較的余裕がありそうなのは苺狩りかしら」

「苺狩りですか」

「東京近県に苺農園は沢山あるから、どこもかしこも満員御礼ってことにはならないと思うのね。日帰りバスツアーはもう予約がいっぱいかも知れないけど、電車とバスを使って団体客の来ない農園に行けば、ゆっくり楽しめるんじゃないかしら」

「なるほど」

「私も昔、友達とフルーツ狩りに何回か行ったけど、苺狩りとサクランボ狩りが一番良かったわ。リンゴや梨《なし》はすぐお腹いっぱいになっちゃうし、ぶどうは粒が小さくて、食べるの大変」

まいは当時を思い出したのか、明るい笑顔になった。

恵はまいが再び猫を飼えるように祈りつつ、良さそうな苺農園と交通手段を調べなくてはと、目まぐるしく頭を働かせていた。


昭和の日の前日、店を開けて一番に現れたお客さんを見て、恵は文字通り跳《と》び上がった。

「由利《ゆり》さん！」

「お久しぶり」

左近《さこん》由利だった。インド人のシステムエンジニアのナレイン・ラマンと結婚したバリバリのキャリアウーマンだ。当時は大手アパレルメーカーのマーチャンダイザーで、成績は常にトップ。年齢も四十一歳になっていたが、結婚するやすぐに妊娠《にんしん》し、月満ちて無事に女の子を出産した。確か妊娠八ヶ月まで働いて出産後一年間の産休・育休を取得すると言っていた。

「本当に、懐かしい。お仕事、復帰したんですか」

「今月からね。そしたらいきなりゴールデンウィークで調子狂っちゃう」

由利は相変わらず長身でスタイル抜群だった。ショートカットにモノトーンのパンツスーツも以前と変わっていない。だが、明らかに顔つきが優しくなり、全体の雰囲気も柔らかくなった。幸せな結婚生活が、心と身体に良い影響を与えているのだろう。

「赤ちゃんとご主人はお元気?」

「お陰様で、父子共に健康」

由利はカウンターの右寄りの席に腰を下ろした。

「今日は、赤ちゃんは?」

「パパが見ててくれてる。たまには一人で息抜きしていらっしゃいって」

やはりラマンは由利を大切にしているのだ。

かつて、わずか二年前に愛妻を喪ったラマンとの結婚をためらう由利に、「幸せな結婚生活の思い出があるからこそ、あなたを幸せにしようと努力してくれるはずだ」と断言して背中を押したのは、千々石茅子《ちぢわかやこ》だった。

茅子は、一人娘の婚活に頭を悩ませていた五十代半ばの販売員で、苦労人だけに優しく思慮深い人だった。ところが意外にも娘が二人の子供を抱えた中年男性と結婚に踏み切ったときは大反対で、一時絶縁状態になったものだが、幸い和解することが出来た。

その茅子も恵に背中を押され、親子ほど年の違う青年との結婚に踏み切った。そして、今は大阪で幸せに暮らしている。

ほんの一瞬の間に、過去の出来事が走馬燈《そうまとう》のように目の前をよぎり、恵は時の経《た》つ速さに面食《めんく》らう思いだった。

「仕事に復帰したってことは、保育園も見つかったわけね」

「運良く、何とか。もし認可保育園がダメなら、無認可も覚悟してたけど」

「おめでとうございました。それで、お酒はもうＯＫなの？」

「うん。解禁、母乳じゃないし。ええと、まずは小生」

生ビールを注文してから、由利は珍しげに店内を見回した。

「茅子さんから話は聞いてたけど、お店、変わったわね。前の店は昭和のヴィンテージだったけど」

「古くてボロかった、でしょ。新築できれいになって、何だか焼け太りした感じ」

「それに前はカウンターの大皿、なかったわ。これは単品で頼めるの？」

「はい。お通しはこの中から一品選んで下さいね。三百円です。単品は五百円」

「困ったな。目移りしちゃう。全部美味しそう」

今日の大皿料理はニラ玉、エビとグリーンピースの中華炒め、新ゴボウの浅漬け、アシタバのお浸《ひた》し、春キャベツとスモークサーモンの重ね漬け。

由利は大皿を凝視《ぎょうし》し、真剣に悩んでいる。

「お勧めは、まずは重ね漬けかしら。珍しいでしょ。あと、このグリーンピースは缶詰や冷凍じゃなくて、生の季節物だから、お勧め。アシタバは美容と健康に……」

「結局、全部勧めてるじゃない」

由利はカラリと笑って、お浸しをお通しで、炒め物と重ね漬けを単品で注文した。

「今更だけど、結婚生活はご飯とか大丈夫？」

何と言っても由利の夫はインド人で、ヒンドゥー教徒である。

「ノー・プロブレム。和食も好きだし、牛肉以外は大丈夫だから助かるわ」

由利はエビとグリーンピースの中華炒めを口に運んで、小さく頷いた。

「旬のグリーンピースって、やっぱり美味しいわね。普段は缶詰と冷凍しか使わないから、本物食べると感激するわ」

「ちゃんとお料理してるんだ。感心ね」

独身時代の由利は、仕事に追われて料理をする暇がなく、週に三日はめぐみ食堂を訪れて、おでんと季節料理で腹を満たしていた。無理もないと恵は同情したものだ。男女を問わず、自分のためだけに料理を作るのは、張り合いもなく面倒臭い。

「必要は料理の母。彼もちょくちょく作ってくれるし」

由利は照れたように笑って「それに」と付け加えた。

「サティヤの店にもよく行くの。彼には〝お袋の味〟だし、摩利《まり》には〝お祖母《ばあ》ちゃんの味〟のわけだし」

摩利は娘の名で、サティヤはラマンの従兄弟《いとこ》のサティヤ・カプールのことだ。元はインドの一流ホテルの料理人だったが、来日して船堀《ふなぼり》にインド料理店を開き、繁《はん》盛《じょう》している。

「つかぬ事を訊いちゃうけど、赤ちゃん、カレー食べられるの？」

由利はプッと吹き出した。

「無理、無理。でも、スパイスの香りとか雰囲気だけでも慣れさせとこうと思って。小学校に入る前に、一度はパパの国を見せてあげたいから」

由利はラマンの故郷のインドへ渡って結婚式を挙げたが、乳児の摩利はまだ父の国を知らない。

「インドとなると、里帰りも大事業ね。私なんかゴールデンウィークに親戚の子供をどこへ連れて行くかで、もう頭パンクしそう」

「急に、どうしたの?」

「事情があってね。六歳児を三人くらい、一日引き受けることになったの。でも、子供に人気のレジャースポットって時期的にどこも満員で、今からじゃ厳しいの。かろうじて、苺狩りなら何とかなりそうなんだけど」

恵はまいの受け売りを披露《ひろう》した。と、由利が考える顔になった。

「苺狩りなら、良いとこ知ってるわ」

「え?」

「前に会社のレクリエーションで使ったことがあるのよ。苺狩りだけじゃなくて、売店でジャムとかかき氷とか売ってたし、同じ敷地内でバーベキューも出来るし、ヤギも飼ってて、子供と一緒に遊べるの。竹馬とかアクティビティもあったわね。レジャー度は高いと思うわよ。駐車場は完備してたし、JR君津《きみつ》駅からバスも出てたはず。歩いても二十分くらいじゃなかったかしら」

「ほ、ほんと？」

思いがけない有力情報に、恵は前のめりになった。

「ちょっと待ってね」

由利は、ジャケットのポケットからスマートフォンを取り出して検索した。目指す場所はすぐに見つかった。

「ここ。ベリーファーム仁木《にき》」

そう言いながら、恵にスマートフォンの画面を向けた。苺農園が地図入りで紹介されている。

「スマホ出して。送ってあげる」

恵がカウンターの隅に置いたスマートフォンを手にすると、由利はそのサイトをショートメールで送信した。

恵は紹介文にざっと目を通した。確かに、子供達を連れて半日過ごすには十分な施設のように思えた。

「ありがとう。助かるわあ」

「こっちも想定外よ。こんなことが役に立つなんて」

由利は満更でもなさそうに言った。

そのとき、ガラス戸が開いて新しいお客さんが入ってきた。

「いらっしゃいませ」

新見と名乗った男性だった。これで三週続けて来てくれたことになる。

「生ビール、小で」

新見は左寄りの席に腰を下ろし、大皿料理を端から眺めた。

「ええと、このグリーンピースは生？」

今回もグリーンピースに目を留めてくれたので、恵は嬉しくなった。

「はい。今日仕入れました」

「じゃあ、炒め物は単品で下さい。お通しは新ゴボウ」

恵が新見の相手をしている間に、由利は本日のお勧め料理に目を走らせた。

カツオのカルパッチョ、茹でアスパラ、もずく酢、新じゃがと牛スジの味噌煮。

由利はメニューをじっと見て訝《いぶか》しげに首をひねった。

「ねえ、これ、初鰹《はつがつお》でしょ。タタキにしないの？」

「初鰹はまだ脂《あぶら》が乗ってないから、タタキにして脂を落とすより、オリーブオイルと合わせた方が美味しいと思って」

「へえ、そうなんだ」

由利はまたしてもお勧めメニューを凝視した。

「カルパッチョと牛スジの味噌煮、どっちが美味しい？」

「う〜ん、それはどっちも美味しいとしか」

「それじゃ困るわ、おでんも食べたいし。どっちかに決めてよ」

「そうねえ……」

一瞬考えたが、恵はポンと胸を叩《たた》いた。

「分かりました。それではハーフ＆ハーフでお出しします」

「ホント？　やったね」

「苺情報のお礼です」

すると、新見が遠慮がちに声をかけた。

「ママさん、もし可能なら、僕もカルパッチョと味噌煮を半分ずつもらえないかな？　どっちも美味しそうだ」

「ありがとうございます。もちろん、大丈夫ですよ」

これでカルパッチョも煮込みも一人前ずつになり、店としてもありがたい。

「由利さん、お酒は醸《かも》し人九平次《ひとくへいじ》がお勧めよ。油を使った料理やこってりした味に合うから、カルパッチョとも味噌煮とも相性ばっちり」

「いただきます。取り敢えず一合ね」

由利は右手の人差し指をピンと立て、グラスに残ったビールを呑み干した。

新見が新ゴボウの浅漬けを口に運んだとき、またしても入り口の戸が開いて、女性客二人が入ってきた。一人は大友まいだ。

「いらっしゃいませ。続けてのご来店、ありがとうございます」

連れの女性は七十代だろうか。色白できれいなグレーヘア、パステルカラーのチュニックに真っ白いパンツスタイル。非常に洗練された雰囲気の持ち主だった。

「こちら、浦辺佐那子《うらべさなこ》さん。猫カフェで知り合ったの」

佐那子は紹介されて、恵に会釈《えしやく》して微笑んだ。「こぼれるような」と形容するのが相応《ふさわ》しい微笑みだった。今でもきれいだが、若い頃はさぞや周囲に騒がれただろう。

「まいさんに『近くに気軽に美味しい物を食べさせるお店がある』って誘われたの。本当に美味しそうね」

「お恥ずかしい。ざっかけない、ただのおでん屋です。行き届かない点はご容赦《ようしや》下さい」

「まあ、ご謙遜《けんそん》」

佐那子は口元を手で押さえて小さく笑った。わざとらしさのない、自然な所作《しょさ》だった。

「お二方は、お飲み物は何になさいますか」

「私は生ビールの小。佐那子さんは？」

「そうねえ……じゃあ、私も生ビール。一番小さなグラスでいただけるかしら？」

「かしこまりました」

恵が飲み物を出し、カルパッチョを作っている間に、二人は大皿料理を眺めながら、何を選ぶか相談していた。

カルパッチョは、そぎ切りしたカツオを皿に並べ、新玉ネギのスライスとバジルの葉を散らし、オリーブオイルと擂《す》り下ろしニンニク、塩を混ぜたドレッシングを回しかける。予《あらかじ》めカツオに塩・胡椒《こしょう》してキッチンペーパーで水気を吸い取っておくのがミソだ。これだけでカツオの臭みを抑えられる。

「……美味しい！　カツオの概念変わりそう」

一口食べた由利が感嘆の声を上げ、醸し人九平次のグラスに手を伸ばした。

「ママさん、こっちも日本酒一合、お願いします」

カルパッチョの皿を前に、新見も目を輝かせている。

まいと佐那子も隣の皿をチラリと見て「これは美味しそうね」と頷き合い、グラスを合わせた。お通しはそれぞれ新ゴボウと重ね漬けを選んだ。

やがてカルパッチョと醸し人九平次に進んだタイミングで、佐那子がショルダーバッグからパンフレットを取り出した。

「ねえ、折角のお休みなんだし、行きましょうよ」

「でもねえ、今更婚活なんて」

「婚活」という言葉に、恵の耳がピクリと反応した。

「そんなこと言ってるけど、今に寂しくなるわよ。私くらいの年になるとよく分かる」

佐那子はひょいと肩をすくめた。

「これから先、もっと年を取っていく。でも、いつ終わりが来るか分からない。もしかしてあと三十年近く生きるかも知れないわ、毎日一人で。そう思ったら、パートナーのいる暮らしが恋しくなった」

恵はそっと、まいを盗み見た。先日の告白によれば、夫と死別した後、昨年末には可愛《かわい》がっていた猫にも死なれ、ひとりぼっちの寂しさを猫カフェで紛らわせている。新しい猫を飼いたくても里親の年齢制限に引っかかって叶《かな》わない……。

「いきなり結婚を考えなくても、茶飲み友達を見つけるつもりで参加しても良いと思うわ。趣味の合う人となら、話も弾むでしょ？」

自身の心境を語る佐那子の言葉は、驚くほど正直だった。自ら体験したからこそ、まいの孤独が察せられ、純粋な親切心から助言しているのだろう。

「それに、ここの猫カフェは大きいから、猫ちゃんも色々な種類がいるわよ。猫ちゃんに会いに行くと思えば良いじゃないの。長い休みにずっと一人で家にいたら、気が滅入っちゃうわよ」

そうだ、と恵は心の中で佐那子にエールを送った。昔、ホステスの自殺は大晦日《おおみそか》に多いと聞いたことがある。おそらく、年末年始の長い休みを一人で過ごす孤独に心が蝕《むしば》まれるからだ。

「あのう……」

恵は遠慮がちに口を挟んだ。

「畏《おそ》れ入ります、そのパンフレット、猫カフェの案内ですか」

佐那子はパッと顔を振り向け、恵の目を見た。

「ううん、実は結婚相談所のご案内。婚活も今は色々あってね、猫好きな人たちが集まってお見合いする企画なのよ。だから会場が、わりと大きな猫カフェなの」

「それは良いですねえ。猫ちゃんたちと遊ぶだけでも楽しそう」

「でしょう?」

佐那子は我が意を得たりとばかりに熱を込めた。

「実は私も、去年可愛がっていた猫を見送ったの。寂しいけど、もうこの年で新しい猫は飼えないから、諦めて猫カフェに通い始めてね。そこで、まいさんと知り合ったわけ」

佐那子は猫カフェのある三丁目の方へ顔を向け、クスッと笑いを漏《も》らした。

「一昨年《おととし》、二度目の主人と死別したの。それで、今年から婚活デビュー致しました」

「ご立派ですね。とても前向きでいらっしゃる」

「ありがとう。世の中には『いい年をして恥ずかしい』って言う人も多いから」

「とんでもないことです!」

恵は力強く言い切った。

「私は浦辺さんの仰《おっしゃ》ったこと、全部賛成です。何歳になっても、気の合ったパートナーがそばにいてくれるのは素晴らしいに違いありません。寂しさを抱えて独りの時間を過ごすより、良き伴侶《はんりょ》を求めて行動した方が、絶対に充実した人生を過ごせると思います」

「あら、ママさん、話せるわね」

佐那子は同意を求めるように、まいに顔を向けた。

そのとき、何を思ったか、新見が上着のポケットから名刺を取り出しながら椅子《いす》を降りた。

「あの、突然、ぶしつけをお許し下さい。私は今年度から浄治《じょうち》大学の文学部で客員教授をしております、新見と申します」

新見は頭を下げ、佐那子の前に名刺を差し出した。佐那子は名刺を手に取り、少し顔から遠ざけて凝視した。

「文学部英文科……新見圭介《けいすけ》さん？」

「はい。決して怪しい者ではありません」

佐那子はまいと顔を見合わせ、大きく頷き合った。

恵も合点《がてん》がいった。新年度に近くの大学に赴任《ふにん》したので、四月から店を訪れてくれたのだ。

「お恥ずかしい話ですが、私にもその結婚相談所を紹介していただけないでしょうか？」

「まあ、お相手をお探し？」

佐那子がいくらか楽しそうな顔で訊くと、新見は大きく首を振った。

「私ではありません。娘です」

新見は哀《かな》しげに首を振った。

「娘は弁護士をしていまして、もうすぐ三十八になります。でも、全然結婚する気がないんです。私は何とか私の目の黒いうちに、娘に然《しか》るべき伴侶を見つけてやりたいんです。ところが、本人にまったく結婚する気がなくて」

佐那子もまいも戸惑ったように眉をひそめた。

「それは……ご本人に結婚の意思がないと、難しいのではありませんかしら？」

「弁護士さんという立派なご職業でいらっしゃるのだから、無理に結婚されなくても……」

新見はますます哀しそうな顔になった。

「そんな悠長《ゆうちょう》なことを言っている場合じゃないんです。娘は確かに弁護士ですが、仕事にやり甲斐《がい》どころか、行き詰まりを感じているんです」

猛勉強して司法試験に合格し、弁護士になったまでは良かったが、事務所で任されるのは憧れていた「法律で人の役に立つ」仕事ではなかった。それどころか手数料をつり上げるために離婚交渉を揉《も》めさせたり、交通事故の示談《じだん》をわざと引き延ばしたりと、良心の痛むような仕事ばかりだという。

「最近では『こんなはずじゃなかった』と嘆《なげ》いています。家内が生きていたら上手く慰めてやれたんでしょうが、三年前に亡くなりました。私が死んだら、娘はひとりぼっちになってしまいます」

佐那子の真摯《しんし》な告白に勇気を得たのか、新見の打ち明け話も赤裸々《せきらら》だった。

「そうなってからあわてて伴侶を探しても、手遅れかも知れない。少なくともあと二、三年で、子供に恵まれる可能性は大きくゼロに近づきます。そうなる前に、何とかして娘に幸せな結婚をして欲しいんです」

新見の言葉には切羽詰まった悲壮な想いがにじんでいた。佐那子もまいも、戸惑いを顔に浮かべている。

「あのう、突然失礼します」

由利がホームルームで発言する生徒のように右手を挙げた。

「私、先生の仰ること、身に沁みます。私も四十まで仕事一筋で、一昨年、このママさんのお陰で結婚出来ました。今は子供にも恵まれて、仕事に復帰して、とても幸せです」

由利の言葉にも真摯な想いが溢《あふ》れていた。非難がましい目を向ける者は誰もいなかった。

「あのまま仕事だけで突っ走っていたら、定年退職した後、自分の人生はどうなっていただろうかと、時々思うんです。もしかして新しい仕事や趣味に出会って、それなりに幸せかも知れないけど、でも、寂しさを感じる時間は間違いなく多いだろうと思います。だから、本当に結婚して良かったと思うんです」

由利は一同の顔をゆっくりと見回してから、両手を恵の方に差し出した。

「婚活なら、ママさんに協力してもらうのが一番の得策だと思います。これまでママさんの力で何組もカップルが誕生しています」

新見も佐那子もまいも、驚いた顔で恵を振り仰《あお》いだ。

「彼女は今でこそおでん屋のママさんですが、実は、かつての人気占い師〝レディ・ムーンライト〟なんです！」

「まあ！」

佐那子とまいが同時に叫んだ。

「私、『週刊レディ』のコラム、愛読してたのよ！　ええと、ほら、『今週の白魔術』……」

「私、『しあわせの白魔術』買ったわ！」

佐那子とまいは、揃ってカウンターに身を乗り出した。

「レディ・ムーンライト、どうぞ新見先生のお嬢さんのために、お力を貸してあげて下さいな」

「私からもお願いします。あちらの奥さんの仰ることを聞いて、他人事とは思えなくなりました」

新見は恵に向かって最敬礼した。

「どうかお願いします。結婚にタイムリミットはありませんが、出産にはあるんです。私は娘に、孤独な老後を送らせたくないんです」

由利は恵にウィンクを送り、ニッコリ微笑んだ。

この状況で「出来ません」とは言えない。もとより恵自身が新見の娘だけでなく、まいにも佐那子にも新見自身にも、新しい幸せをつかんで欲しい気持ちになっていた。

「分かりました。全力で協力させていただきます」

恵はかつて「レディ・ムーンライト」だった時代と同じ、両手を胸の前でX字形に交差させる決めポーズを取った。

「皆さんの未来に、光あれ！」

二皿目

苺《いちご》の名前は「恋みのり」

千葉県は昨年九月の台風十五号により、それまで経験したことがないほど甚大《じんだい》な被害を受けた。強風によって住宅の屋根瓦《がわら》が飛ばされ、電柱は軒並み倒され、県内の広範囲で停電が発生した。

翌月の十二日、その被害の多くがまだ復旧していない最中、今度は台風十九号に襲われたのだから、被害状況は目を覆《おお》うばかりになった。

県南部に位置する君津《きみつ》市は、近隣の館山《たてやま》市や富津《ふっつ》市と同様、大きな被害を受け、まだ完全に復旧していない。元来温暖な気候で、市内には沢山の苺農園があったのだが、ビニールハウスを根こそぎ破壊された農家も少なくない。

だから「ベリーファーム仁木《にき》」に予約の電話をかけたとき、恵《めぐみ》は「ダメで元々」という気持ちだった。断られたら、埼玉県の苺農園に当たってみる心積もりでいた。

「五月四日ですか。はい、大丈夫です。何名様ですか?」

しかし、応対に出た女性は明るい声で承諾した。

「大人一人と子供四人です」

「ご来園は何時頃になりますかね?　うちは十一時から四時まで開けてまして、苺狩りは三十分食べ放題です」

「あのう、以前お宅に行った人から聞いたんですけど、予約すればバーベキューも用意していただけるんですか？」

「はい。出来ますよ。バーベキューコースはお肉が牛と豚とソーセージ、野菜が三種類、締めに焼きそばになってます。それ以外にお好みがあれば用意しますけど？」

「いえ、結構です。それでお願いします」

女性は農園の経営者だろうか。言葉にいくらか訛《なま》りが感じられたが、テキパキした応対ぶりだった。

「十二時くらいに伺いますので、苺狩りの後でバーベキューをお願いします」

「はい、ありがとうございます」

女性は恵のフルネームと電話番号を尋ね、最後に「お待ちしてます」と言って通話を終えた。

「さてと……」

スマートフォンを置くと、恵は思わず声に出して呟《つぶや》いた。

これで「ゴールデンウィークに大輝《だいき》を遊びに連れて行く」という、真行寺《しんぎょうじ》との約束は果たせる。あとは新しくお客さんになってくれたシニア三人の婚活問題に取り組もう。

五月四日はこの季節に相応《ふさわ》しく、カラリと晴れた爽《さわ》やかな陽気だった。まさに苺狩り日和《びより》だ。

愛正園《あいせいえん》は足立《あだち》区にあり、JR・東武《とうぶ》スカイツリーライン・東京メトロ千代田《ちよだ》線の乗り入れる北千住《きたせんじゅ》駅と、京成《けいせい》電鉄千住大橋《せんじゅおおはし》駅の中間くらいの場所にある。五十坪《つぼ》くらいの敷地に遊具を備えた庭と木造三階建ての屋舎《おくしゃ》があって、保育園か幼稚園のようにも見える。今は児童養護施設という名称だが、昔は「孤児院」と呼ばれていた。

北千住駅から君津駅まで、子供連れであることを考慮すれば二時間近くかかるだろう。恵は九時すぎに愛正園の門をくぐった。

玄関から続く食堂に入ると、大輝と三人の子供達はすでに支度《したく》を調《ととの》えて待っていた。男の子が一人と女の子が二人で、いずれも五、六歳だろう。全員リュックサックに日除《ひよ》け帽で、遠足気分に満ち満ちている。もちろん、恵もリュックを背負った遠足スタイルだ。

「こんにちは」

職員の女性に挨拶《あいさつ》して、子供達に微笑《ほほえ》みかけた。

「みんな、準備ＯＫね。トイレは済ませたかな？」

子供達は元気に「は〜い！」と答えた。

「おばさん、りっちゃんとみっちゃんとあっ君」

大輝が声を弾ませて仲間に引き合わせた。

「凛《りん》ちゃんと澪《みお》ちゃんと新《あらた》くんです。三人とも大輝くんと同じ、六歳です」

職員さんが改めて子供達を紹介してくれた。

「こんにちは。恵です。おばさんでもメグちゃんでも好きな方で呼んでね。今日はよろしくお願いします」

子供達も「よろしくお願いしま〜す」と声を揃《そろ》えた。みんな苺狩りに行くのを楽しみにしているのだと思うと、恵は身の引き締まる思いがした。この子たちをガッカリさせるわけにはいかない。

職員さんに見送られ、恵は子供達を引率して北千住駅へ向かった。

恵は大輝と関わるまで知らなかったが、児童養護施設には大舎制・中舎制・小舎制の三つの形態があり、大舎制は一舎に二十人以上、中舎制は十三〜十九人、小舎制は十二人以下で生活する。一番家庭的な雰囲気を醸成《じょうせい》しやすいのは小舎制だが、職員の配置など、きめ細やかな対応が求められて経営が難しく、施設全体に占める数は多くない。

愛正園は小舎制を執《と》っていて、学齢前の子供は大輝を含めた四人、つまり今日苺狩りに行くメンバー全員だった。他には小学生と中学生が各三人、高校生が二人在籍しているという。

「俺の育った家庭に比べたら、あそこは天国だった」

愛正園の出身である真行寺は、以前そんなことを言っていた。

恵も愛正園の職員たちが良心的であり、子供達同士のいじめもないと確信している。施設全体から漂う雰囲気が明るく温かで、大輝も会う度《たび》に元気になっていくからだ。

「みんな、迷子にならないようにね」

恵は自分の前に女の子二人、男の子二人を並んで歩かせ、安全に気を配った。

北千住駅から東武スカイツリーラインの準急に乗って錦糸町《きんしちょう》駅へ。そこからJR総武《そうぶ》線から内房《うちぼう》線に入る快速で、一時間三十二分で君津駅に到着する。

乗車時間だけなら一時間四十三分。真行寺から潤沢《じゅんたく》な軍資金を預かっているので、タクシーを頼んで往復することも充分に可能だったが、恵は敢《あ》えて徒歩と電車とバスを選んだ。子供は長時間車に揺られると乗り物酔いをしやすいが、不思議なことに電車はあまり酔わない。それに、子供は電車が好きだ。学齢前の大輝たちは、きっと電車に揺られて向かう苺狩りに、胸をときめかせてくれるだろう。

　恵の期待に違《たが》わず、子供達は電車の旅に大はしゃぎだった。特に総武線に乗ってからは、全員窓の方を向いて座り、通り過ぎる風景を指さしては興奮して喋《しゃべ》っていた。車窓に流れる風景は大半が住宅地で、東武スカイツリーラインから見た景色と大差ないのだが、友達と一緒に長い時間電車に乗って遠くへやってきたという初めての体験が、子供達の心を弾ませているのだ。

　恵は他の乗客の迷惑にならないように、四人の靴《くつ》を脱がせてリュックサックを網棚に載せた。

　君津駅は橋上駅舎になっており、近辺には高いビルが二棟建っている。快速電車の停車駅で、エスカレーターやエレベーターが設置され、所謂《いわゆる》「田舎《いなか》の駅」ではない。それでも子供達は、初めて踏みしめる「異境の地」に興奮冷めやらぬ面持《おもも》ちだった。

　君津駅で下車すると、まず子供達をトイレに連れて行った。駅前広場にはバスの停留所が五箇所ほどあり、バス二台が停車していた。

「あのバスに乗っていきますからね」

恵はそのうちの一台を指さした。ベリーファーム仁木の近くを通るバスは、あと五分ほどで発車するはずだった。

子供達は歓声を上げてバスに向かって走り出した。じっとしていられないほど気持ちが高ぶっているのだ。「走らないで！」「気をつけて！」と言いたい気持ちを抑え、恵も小走りに後を追った。

ベリーファーム仁木はバス停から歩いて五分ほどだった。

さすがに苺農園で、周囲は緑が多い。売店の看板の掛かった小屋の向こうに、ビニールハウスが何棟も並んでいる。木製のシーソー、ブランコ、二つの台の上に梯《はし》子《ご》を渡したような遊具（後で聞いたら〝雲梯《うんてい》〟という名前だった）を備えた遊び場、バーベキュー用のあずまやもあり、柵《さく》の中ではヤギが三匹こちらを見ていた。

「こんにちは。予約した玉坂《たまさか》です」

売店のガラス窓を開けて声をかけると、中にいた作業服姿の女性が椅子《いす》から立ち上がって外に出てきた。年齢は六十半ばくらい、背はそれほど高くないが、骨太で丈夫そうな体型をしていた。

「いらっしゃいませ。本日はありがとうございます」

笑顔には邪気がなく、丸っこい目と鼻に愛嬌《あいきょう》がある。

「こんにちは。遠いところ、ありがとうございます」

女性に続いて男性が二人出てきた。二人とも作業服姿で、一人は女性と同年配、一人は四十そこそこだった。おそらく三人は両親と息子だろう。父親の方は背が高くて鼻が高く目が細い。息子は両親の良いところを受け継いだようで、背が高く鼻も高くて目がパッチリしていた。

「初めまして。代表の仁木と申します。うちの両親です」

息子が作業服の胸ポケットから名刺を一枚出して恵に差し出した。「仁木貴史《たかし》」と印刷してあった。

「どうぞ、荷物はこちらに。事務所でお預かりしましょう」

貴史が言って、母親と一緒にリュックを受け取ってくれた。

「まずは苺狩りを楽しんで下さい。制限時間は三十分ですが、今日は他にお客さんもいないし、好きなだけいて構わないですよ。バーベキューの準備が出来たら声をかけますから、適当に引き上げて下さい」

「はい、これ、コンデンスミルクね。うちの苺は何もつけなくても美味《おい》しいけど、良かったら使って」

母親がみんなにビニール製の小さな手提《てさ》げカゴと、コンデンスミルクのチューブを配った。

「どうぞ、こちらです」

　貴史が先に立って、ビニールハウスに案内してくれた。

　一歩足を踏み入れて、子供達も恵も、思わず息を呑《の》んだ。ちょうど子供達の目の高さで、左右に畑が広がっている。細い通路の両側に、宝石のような真っ赤な苺がたわわに実っているのだ。

「うちでは千葉県で開発されたチーバベリーとふさの香《か》、それに恋みのりという品種を育てています」

　苺の名前は紅ほっぺ、夏姫など、ユニークなものが多いらしい。

「きれいですねえ」

　苺に見惚《みと》れて写真を撮るのを忘れていた。今日の様子は後で真行寺に報告しなければいけないし、子供達にも写真を送ってあげたい。恵はあわててスマートフォンを構えた。

「とても甘くて美味しいですよ。特にふさの香はあまり出回らない人気品種です。たっぷり召し上がって下さい」

　貴史は嬉しそうに説明して、腰を屈《かが》めて子供達に話しかけた。

「苺はこうやって取るんだよ。出来るかな？」

蔓《つる》から苺の実を摘《つ》み、そばにいた澪のカゴに入れてやった。他の子供達もそれを見て苺を摘み、カゴに入れた。地面から一メートルくらいの高さに実っているので、子供達も自分で摘むことが出来た。

よくよく見れば、地面から一メートルくらいの高さでパイプ製の棚が組んであり、その上に苺が植えてあるのだった。

恵も摘み取った苺を口に含んだ。酸味と甘さがほどよく混じって、とても美味しい。それに、摘み立てを食べるのは初めてなので、より一層美味しく感じられる。

「私、苺狩りは初めてなんですけど、畑で作るのかと思ったら、違うんですね」

「これは高設栽培といって、高い位置に棚を作って培養液《ばいようえき》を使って育ててるんです。土台も土じゃなくてピートモスとかヤシ殻とか、人工培養土を使います。培養土を使わずに完全に水耕栽培にしているところもありますが、やっぱり人工培養土を使う方が味が良いので」

貴史は苺の列に目を遣《や》った。

「昔はそれこそ、畑に畝《うね》を作って土で育ててたんですが、それだとずっと中腰で労働しないといけないので、キツいんですよ。若い人でも大変なのに、年を取ったら尚更《なおさら》で……」

貴史は苺の通路をゆっくりと歩きながら話を続けた。恵は歩調を合わせて進み、左右の蔓に実った苺を摘んでは口に入れた。

「高設栽培は作業が楽なだけじゃなく、土壌病害の心配が少ないし、収穫時期も伸びるんです。土耕栽培……直接土に植えると五月までしか収穫出来ないんですが、六月まで収穫出来ます」

でも……と貴史は続けた。

「本当の苺の旬は春なんですけど、今は一番需要が多いのは十二月と一月なんですよ。クリスマスケーキの飾りで」

「ああ、そう言えば、去年のクリスマスは苺が穫《と》れなくて、他の果物を使ったケーキが増えたって、テレビで言ってました」

貴史は一瞬、苦《にが》いものを呑まされたような顔をした。

「秋の台風で、ここら辺一帯やられましたからね。うちはありがたいことに、何とか乗り切れる程度で済みましたけど、ビニールハウスが全滅した家もあります」

恵は目を伏せて「お気の毒に」と呟いた。

貴史は気を取り直したように前を向き、苺摘みに夢中になっている子供達を眺《なが》めた。

「ただ、高設栽培はお客さんにも好評なんですよ。小さなお子さんや車椅子の方にも摘みやすいんで。それに、土が付かないから、洗わなくてもそのまま食べられますしね」

　恵は改めて気が付いた。実った苺の高さは、車椅子に乗った人が無理なく摘める位置にある。

「ああ、そうですね。ここなら車椅子の方でも苺狩りが楽しめますね」

「養護学校の遠足で利用していただいたこともあるんですよ」

　嬉しそうに言って微笑んだ。

「それじゃ、どうぞごゆっくり」

　貴史は子供達に手を振って、ビニールハウスを出て行った。

　次に「バーベキューの準備OKです。いつでもどうぞ」と声がかかったのは、二十分ほど後だろうか。子供達の手提げカゴは苺でいっぱいになり、口の周りは苺色に染まっていた。

　バーベキュースペースは屋根付きのあずまやで、テーブルと椅子も設置してあった。真ん中に石で囲んだ炉《ろ》が作ってあり、中では炭が真っ赤に熾《おこ》っていた。その上に金網を置き、具材を焼いていく。家庭用のバーベキューコンロに比べると迫力は段違いだ。

大皿に盛られた具材はステーキ用牛ロース、スペアリブ、フランクフルトとウィンナー、ナス・玉ネギ・トウモロコシ。スペアリブは予《あらかじ》めタレに漬《つ》けて飴色《あめいろ》になっており、野菜類は火が通りやすいようにカットしてあった。

貴史がトングを使って具材を網の上に並べていく。母親は小まめに裏表をひっくり返して焼き加減を調節し、父親が炭を動かしたり足したりして火力を調節する。親子三人の連携はスムーズだ。

恵は後で知ったが、貴史の両親の名前は泰史《やすふみ》と雅美《まさみ》という。

「はい、焼けました。熱いから火傷《やけど》しないようにね」

雅美は次々に焼き上がる肉をキッチン鋏《ばさみ》で切り分け、子供達の差し出した皿に載せた。子供には大きすぎる紙の皿は、すぐにいっぱいになった。

「テーブルに持っていって、座って食べましょうね」

恵が子供達を促《うなが》すと、貴史が「新しく焼けたら持っていってあげるよ」と声をかけた。

テーブルには割箸《わりばし》とウェットティッシュの他に、プラスチック製のフォークとスプーン、小型のキッチン鋏も用意されていた。

「良かったら搾《しぼ》りたてのヤギのミルクもあるよ」

ウーロン茶とオレンジジュース、コーラのペットボトルをテーブルに置いて、泰史が言った。

「ヤギのミルクですか。珍しいですね」

「今朝搾ったばかりだから、美味《うま》いよ」

「みんな、どうする？」

恵が子供達に問いかけると、大輝と新は顔をしかめた。

「牛乳、嫌い」

「僕も」

すると凜が「めっ」という顔で二人を睨《にら》んだ。

「大くん、あっくん、好き嫌いを言っちゃダメ。牛乳は身体に良いんだから」

恵も泰史も思わず笑みを誘われた。物心ついた頃から、女の子は男の子よりずっと大人びている。

「凜ちゃん、えらいわ。お姉さんね。でも、今日だけは大目に見てあげて。みんな、好きなものだけ食べましょう」

「じゃあ、ミルクはお嬢ちゃん二人と先生に」

泰史は恵を勝手に先生と決めて、テーブルを離れた。

ほどなく、貴史が焼き上げた肉と野菜の大皿を運んできた。

「はい、お待ちどおさま」

ありがたいが、これほどの量は食べきれそうにない。すると貴史はすぐに言い足した。

「食べきれなかった分はお土産《みやげ》にします。これから焼きそばも作りますから、お腹と相談して下さい」

「ありがとうございます。助かります」

「デザートは氷苺があります。苺のシロップはお袋の自家製で、美味いですよ」

焼きそばは金網の上に置いた鉄板で豚肉とキャベツ、麺《めん》を炒《いた》める。貴史は大きなヘラを両手に持ち、豪快に具材を混ぜ合わせた。見物していた恵と子供達は、出来上がると一斉に拍手した。

お腹がいっぱいになると、子供達は遊具で遊んだり、敷地内で飼われているヤギと触れ合ったりした。ヤギ舎には泰史が付き添って案内してくれた。

恵は敷地内をそぞろ歩きながら、何棟もあるビニールハウスを指さして貴史に尋ねた。

「左の方にあるハウスも、全部苺なんですか？」

「そうです。今は親株をあそこに植えて、ランナー……子苗ですね、それが増殖するのを待ってるんです。七月半ばになるとランナーを切り離して別のハウスに植え替えて、夜冷育苗《やれいいくびょう》っていう、簡単に言えば促成栽培で苗を育てるんです。育った苗を九月に定植して、十月に開花したら受粉《じゅふん》。苺の場合は人工受粉がほとんどですが」

　農業の経験のない恵にはほとんど何も分からなかったが、手間の掛かる作業が続くことと、来年苺狩りに来る人は、左の方のビニールハウスに案内されることは理解出来た。

「十二月から収穫が始まり、五月まで出荷が続きます。その間は毎日収穫と箱詰め作業に追われます」

「大変ですねえ」

　聞いているだけで溜息《ためいき》が出る。きっと苺だけでなく、他の果樹農家も手間の掛かる作業に追われているのだろう。

「海外で日本のフルーツが人気で、高値で取引きされてるのがよく分かります」

デパートの果物売り場で、一個ずつパックされて売られている苺を見たことがある。作る手間暇を考えたら、それを「贅沢《ぜいたく》」と一括《ひとくく》りに言ってしまうのは違うかも知れない。

「本当は、露地栽培を手掛けたい気持ちはあるんですよ」

貴史はビニールハウスを見て言った。

「太陽の光を浴びた大地でしか出せない、繊細な味があることは確かなんです。露地栽培にこだわっている農家もあります。確かに重労働で大変ですが、作業に慣れるにしたがって、一部だけでも挑戦したいと思うようになりました」

時刻は四時になろうとしていた。そろそろ帰り支度をしなくてはならない。

「みんな、帰りの時間ですよ。ベリーファーム仁木の皆さんにお礼を言いましょうね」

恵が呼びかけると、子供達は名残惜《なごり》しそうな顔をした。

「また、連れてきてくれる?」

大輝が恵の顔を見上げた。他の三人も揃って期待に満ちた顔をしている。ここで「ダメ」とは言えない。

「もちろんよ。また一緒に来ましょうね」

「ホントに？」

「大丈夫。約束する」

「やった！」

子供達はピョンピョン跳《と》びはねてハイタッチを交わした。

恵は愛正園へのお土産に、雅美の手作り苺ジャムを五瓶《びん》買った。他にバーベキューと焼きそばの残りも保冷剤を入れて包んでもらったので、かなりの重量だった。

すると、貴史が親切に申し出てくれた。

「駅まで、うちの車で送りますよ」

「ありがとうございます！」

恵はつい、半オクターブ高い声を出した。

〝ベリーファーム仁木〟と大書したバンで君津駅に向かう間も、子供達はまだはしゃいでいた。しかし、内房線に乗ってシートに座ると、あっという間にうたた寝を始めた。恵もいつの間にか舟を漕《こ》いでいた。

錦糸町駅に着く頃には、恵も子供達も疲労困憊《ひろうこんぱい》だった。誘惑に負けて駅前でタクシーを拾い、愛正園まで走らせた。

「お帰りなさい！　お疲れ様でした！」

愛正園の玄関を入り、職員さんの出迎えを受けたときは、体力も気力も限界で、正直倒れそうだった。

「玉坂さん、今日は大変でしたね。でも、ありがとうございます。お陰様で子供達は素晴らしい一日を過ごすことが出来ました」

目の前で丁寧に頭を下げられると、疲労より喜びが大きくなった。大輝とその仲間たちのために、ささやかながら良いことが出来たのだ。

「メグちゃん、ありがとう！」

「楽しかった！」

「またね！」

子供達は口々に言った。

「気をつけてね」

最後に大輝が言って、手を振った。

「さよなら。またね！」

恵も手を振って玄関を出た。子供達だけでなく、恵にとっても貴重な体験をした一日だった。

五月八日は金曜日、連休が明けて二日目になる。長い休み明けの出勤で昨日はまだエンジンが掛からないのか、店を開けたものの客足はイマイチだった。今日はもう少し期待出来るだろう。

恵はいつもより三十分早めに店に入り、開店の準備に取りかかった。

本日の大皿料理は蕗《ふき》と油揚げの煮物、ゼンマイのナムル、アジの南蛮漬け《なんばんづ》け、グリーンピースとベーコンのキッシュ、アシタバのお浸《ひた》し。

今日のおでんの売りは、皮付きで買ってきて丁寧に下茹《したゆ》でした筍《たけのこ》。旬は今月で終わってしまう。

そしてお勧め料理はカツオのカルパッチョ、茹でアスパラ、空豆、ホタルイカとウドのぬた、長芋《ながいも》と鱈《たら》の味噌《みそ》炒め。折角の筍なので炊き込みご飯も作る予定だった。

おでん鍋の火加減を調節していると、入り口のガラス戸が開いた。まだ開店の一時間も前だが、入ってきたのは真行寺巧《たくみ》だった。

「あら、こんにちは。お早いですね」

真行寺は片手を挙げて「構わなくて良いから」と断り、カウンターに腰を下ろした。

「いつお帰りですか?」

「一昨日《おととい》。昨日、愛正園に寄ってきた。休み中、園児たちが世話になった」

真行寺は軽く一礼した。

「どう致しまして。これ、預かったお金の残りです」

恵がレジ脇に用意しておいた封筒を取り上げようとすると、また押し止《とど》めるように片手を挙げた。

「それは取っておいてくれ。園長先生からも話を聞いている。良くやってくれた」

それ以上押し問答しても無駄なことは、長年の付き合いで分かっている。恵は封筒を引っ込め、代わりに別の封筒を差し出した。

「お言葉に甘えます。こっちは大輝くんたちに渡してもらえませんか。苺狩りの写真です」

真行寺は封筒を受け取り、中の写真を一枚ずつ眺めていった。

「良いところでしたよ。私は苺狩りに行ったのは初めてですけど、他と比べても良心的な農園じゃないかと思います」

恵はベリーファーム仁木について、ざっと説明した。

「苺狩りはハウスの中だし、バーベキューの設備は屋根付きだし、あれなら雨が降

って も大丈夫ですね。高さ一メートルくらいの所に苺が生《な》ってるから、子供達も摘みやすかったし、車椅子の方でも大丈夫だって聞きました」

真行寺は写真を見終わって、封筒に戻した。

「出来れば来年も、あの子たちを遊びに連れて行ってあげたい。それに、今度は前もって予約して、キッザニアとか……」

真行寺は考え事でもしているのか、黙ったまま、封筒の角で軽く額を叩《たた》いた。

「……そこの農園、七月から九月に苗を植え替えるわけだな？」

「ええと、確かそう……」

「夏休みに、愛正園の子供達を、そこで農業実習させてもらうことは出来ないだろうか」

「はあ？」

「実習と言ったところで、どうせ素人《しろうと》で役に立たないだろう。いや、迷惑かも知れない。だからこちらで実習費用を払っても構わない」

「急に、どうしたんですか」

「将来の選択肢を広げてやりたい」

真行寺は封筒をカウンターに置いて座り直した。

「児童養護施設出身の子供達は、職業選択の幅が狭い。保育士、介護士、看護師……つまり福祉関係の職種を選ぶことが多いんだ。もっともこれは、キチンと学業を終えて正規に就職した子供達の場合だが」

学業半ばで社会に出た場合、まともな職に就《つ》けない者が増える。女の子なら飲食業から風俗業へ転職し、短い同棲《どうせい》生活の後に未婚の母になる場合も少なくない。

「つまり、貧困の連鎖《れんさ》だ」

真行寺は苦々しげに顔をしかめた。

「何故《なぜ》子供達が福祉関係の職業を選びたがるか、分かるか？」

恵は首をひねった。

「……自分自身が児童養護施設で育って、実態をよく知っているから？」

「半分正解。あとの半分は、他の大人を知らないからだ」

そう言われて、恵は大いに合点《がてん》がいった。施設の子供達が日頃親しく接する大人はほとんどが福祉関係者で、それ以外は学校の教師くらいしかいない。

「モデルにすべき大人が少ないんだ。だから何とか見聞を広げて、可能性を広げてやりたい。世の中に色々な職業があることを実感して、チャレンジして欲しい」

「本当ね。色々な体験をして見聞を広げるのって、子供にはすごく大事なことだわ」

「今の東京で、子供が農業体験を出来る機会はほとんどない。しかし、農業にチャレンジして成功している人がいる以上、愛正園にも農業に向いている子がいるかも知れない」

真行寺はもう一度封筒を取り上げた。

「この農場の若主人は、仕事の腕もあり、気配りも出来る人のようだ。こういう人の仕事や人となりに接することによって、子供達の将来の選択肢は確実に増える」

真行寺の考えに、恵は胸を打たれていた。

「グッドアイデアです。ちょっと待って下さい」

レジ脇の小引き出しから、仁木にもらった名刺を取り出して真行寺の前に置いた。

「ご両親も親切で、本当に良い人たちでした」

真行寺はスマートフォンを出して、名刺を写真に撮った。

「明日にでも園長先生と話してくる」

スマートフォンをポケットに収め、真行寺はついでのように尋ねた。

「ところで、アメリカ土産は何が良い？」

「え？」

「仕事とはいえ旅行したんだから、土産くらい渡さないとな」

「良いですよ、別に」

「向こうで何か買ってこようかとも思ったが、好みに合わない物をもらっても迷惑だろうから、やめておいた。直接本人に訊《き》いた方が早い」

「だから、要《い》りませんってば」

「愛正園にはニューヨークブランドのチョコレート、カメリアの椿《つばき》にはバカ高い香水を買った。お前だけ何もなしというわけにはいかんだろう」

カメリアは銀座の超高級クラブで、店は真行寺が経営する丸真トラストの持ちビルに入っている。オーナーママの朝香《あさか》椿は、恵の勘《かん》では若い頃の真行寺と男女の関係にあったらしい。

「それじゃ、牛タン！」

サングラスの奥で、真行寺の目がパチパチと瞬《しばた》く気配があった。

「なんだ、そりゃ？」

「だから、牛タンですって。今度店で〝お箸《はし》で切れる牛タン〟を出す予定なんです。〝ネギ塩牛タン〟も。私じゃアメリカ産の特売しか手が出せないから、国産のバカ高い牛タン買って下さいよ」

「アメリカ土産なのに国産か」

恵はニヤリと笑って付け加えた。

「その代わり、お店に来てくれたら無料《タダ》でご馳走《ちそう》します」

「無料ほど高いものはない」

真行寺は憮然《ぶぜん》として答え、立ち上がった。

「分かった。国産黒毛和牛の牛タンをドッサリ送ってやる」

「毎度、ありがとうございます」

恵は両手を揃えて頭を下げた。


その夜、七時半に大友《おおとも》まいと浦辺佐那子《うらべさなこ》が連れ立って店に現れた。三丁目の猫カフェで待ち合わせて来てくれたのだった。

「お二人は如何《いかが》でした？　ゴールデンウィーク」

恵はおしぼりを渡してから訊いてみた。二人とも猫カフェで行われた婚活パーティーに参加したはずだ。

「それがねえ」

二人は顔を見合わせてクスッと笑った。

「猫に気を取られて、人間の方にはあんまり身が入らなくて」

「つまり、それだけ男性陣のアピールが足りなかったってこと」

佐那子はそう言ってグラスを取り、まいと生ビールで乾杯した。

「でも、良いこともあったわ。会場になった錦糸町の猫カフェは、駅から近くて猫キャストも二十匹以上いるの。待たなくても抱っこ出来るし、うちのミーコにちょっと似た仔《こ》もいたし」

まいは楽しそうに目を細めた。

「今日も美味しそうなお料理が山盛りね。私、キッシュをいただくわ」

佐那子がお通しを注文すると、まいも大皿に目を凝《こ》らした。

「私は……蕗の煮物が良いわ。蕗もそろそろ終わりよね」

「筍も今月でお終《しま》いです。今日は筍ご飯を炊いたんですけど、シメに如何ですか」

恵は壁の「筍ご飯、有ります！」と書いた貼紙を指し示した。開店直前に貼ったばかりだ。

二人ともすぐさま頷《うなず》いた。

「おでんの筍も下さいな。別れを惜しまないと」

まいがおでんを注文すると、佐那子はお勧め料理のメニューに視線を移した。

「この、長芋と鱈の味噌炒めっていうのは、初めてね？」

「はい。長芋も今月いっぱいが旬なんです。おろしと短冊《たんざく》だけじゃつまらないので、鱈と炒めました。生クリームを入れたソースなので、クリーミーですよ」

鱈と長芋を切ってオリーブオイルで炒め、味噌・醤油《しょうゆ》・練《ね》り胡麻《ごま》・みりん・昆布出汁《こんぶだし》・生クリームを混ぜ合わせたソースで炒め、マヨネーズを絡《から》めて味を調える。調理は簡単だが、味は奥深い。火を通した長芋はホクホクした食感になり、これもまた美味しい。

「じゃあ、是非いただかないと」

するると、まいもお勧めメニューを見上げて言った。

「それと、ホタルイカとウドのぬた。こっちも今月限りよね？」

「はい、ありがとうございます。お次のお飲み物は、如何《どう》しましょうか」

もちろん、二人は揃って日本酒を選んだ。

「今日のお勧めは何かしら？」

「今日は天青《てんせい》と人気一《にんきいち》がお勧めです。天青は甘味と酸味のバランスが良くて淡泊《たんぱく》な料理と合いますし、人気一はさっぱり爽やかで、どんな料理にも合いますよ」

まいと佐那子は十秒ほどどっちを先に頼もうか迷った後、天青を先に注文した。

開店と同時に来店した三人連れのお客さんが席を立ち、入れ替わりに新しいお客さんが二人入ってきた。恵は飲み物と料理の注文に手一杯になり、しばしお客さんとの会話が途切れた。

忙しさが一段落した頃、まいと佐那子がおでんを注文した。

「大根と筍、つみれ、牛スジ、葱鮪《ねぎま》」

「私も筍。あとは玉子と新じゃがね。やっぱり牛スジももらうわ」

おでん種を皿に盛り、汁をたっぷり注いで二人の前に出した。

「ママさん、猫カフェで小耳に挟んだんだけど……」

大根を箸で割っていたまいが、思い出したように顔を上げた。

「今の若い人は退職するとき、代理を頼むんですって」

「あら、そうなんですか」

「退職代行って、増えてるらしいわ」

「退職届を出すだけなのに?」

「有給の計算とか、未払い分の給料計算とかもやってくれるんですって」

「それって普通、会社がやってくれるんじゃないですか」

「私もそう思うけど、代行を頼むような人は、会社を信用してないんじゃないかしら」

「まあ、ブラック企業みたいなとこもありますからね」

まいは二杯目に頼んだ人気一を一口飲んで頷いた。

「それと、引き留められたり、嫌みを言われたりするのがイヤみたいね」

「気持ちは分かりますけど……でも、辞めちゃえば一生会わないで済むんだから、ちょっとくらいガマンすれば良いのに」

「今の若い人は気が弱いから」

退職代行の費用はいくらだろうと、恵は訝《いぶか》った。一時《いっとき》イヤな思いを我慢するのとお金を天秤《てんびん》にかけて、自分ならいくらまでなら払うだろうか。

いや、きっと我慢を選ぶだろう。年を取ると心臓に毛が生《は》えるのか、若い頃より傷つかなくなる。辞めると決まった会社の上司がいくら嫌みを言おうが、怒鳴《どな》ろうが、そんなことは屁《へ》でもない。それより、払うお金がもったいない……。

「ただ、代行を頼みたくなる気持ちも分かるのよ。だってその話をしたのがね……」

佐那子は声を潜《ひそ》めて、ある居酒屋チェーンの名を挙げた。恵も聞いたことのある店だった。

「そこの創業者で、現会長。ワンマンを絵に描いたような、高圧的で思いやりのない人だったわ」

「あれじゃ奥さんに逃げられるのも当然よ。離婚歴二回って、聞いただけで察しが付いたわ」

「口を開けば自分の会社の自慢ばっかり。私たちは株主でも何でもないし、全然興味ないのに」

「猫好きに悪い人はいないと思ってたけど、例外はどこにでもあったわね」

まいと佐那子はワンマン会長の悪口で盛り上がった。

適当に相槌《あいづち》を打ちながら、恵は退職の代行業の方に興味が湧《わ》いてきた。

「ところでその退職の代行って、どういう人がやってるかご存じですか」

佐那子は首を傾《かし》げたが、まいはスマートフォンを取り出して検索を始めた。

「前は専門業者と弁護士事務所だけだったのが、二〇一八年からは合同労働組合も対応するようになったんですって。業者は『代行は認めない』とか『弁護士を通してくれ』と言われると引っ込まざるを得ないけど、労組と弁護士事務所なら大丈夫みたい」

「弁護士が退職代行もするんですか」

そう尋ねてから、恵はお客さんの話を思い出した。

二〇〇六年に司法試験制度が新しくなって以来、合格率が三パーセントから二十パーセントまで上昇して、弁護士の数が増えた。しかし、刑事も民事も案件そのものはむしろ減っている。弁護士間の格差が広がり、年収二百万円以下の弁護士や、仕事のない弁護士まで出るようになった。今や弁護士資格はブラック資格に等しい……。

すると連鎖反応のように、「憧れの弁護士になったものの実際に任される仕事に呆《あき》れ、絶望してしまった」という新見《にいみ》の娘の話が思い浮かんだ。

「ここ何年か、テレビでもラジオでも〝過払い金返還〟を謳《うた》う弁護士事務所のCMが増えましたよね。変だと思っていたんですけど、その話を聞いて合点がいきましたよ」

スマートフォンの検索を続けていたまいが、再び口を開いた。

「出てきたわ、退職代行のお値段。弁護士の最安値で、二万円切ってるのがあるわよ。すごいわね」

恵はもう一度頭の中で計算し直した。

二万円でブラック企業をきっぱり辞められるなら、払って良いかも……？

「大変な勉強をして司法試験に合格したのに、過払い金の返還と退職代行が仕事になったら、弁護士さんもやりきれないわね」

佐那子は溜息混じりに言って葱鮪の串に歯を立てた。

「私はテレビで『弁護士ペリー・メイスン』を見て育ったから、弁護士と言えば〝正義の味方〟って刷《す》り込まれてるのよ」

「そう言えば、私も見た記憶があるわ。まだ白黒の時代……」

まいも懐かしそうな目になり、人気一のデカンタをグラスに傾けた。酒はグラス三分の一ほどしかなかった。

「佐那子さん、天青を半分ずついただかない？」

「良いわね。ママさん、一合お願い」

佐那子は空になったデカンタを取り、目の横で振って見せた。


その日、九時を回ってから新見圭介《けいすけ》が来店した。これまでは火曜日の早い時間が多かったのに、金曜の夜とは珍しい。

「いらっしゃいませ。どうぞ」

恵がおしぼりを差し出すと、新見は手を拭《ふ》きながらゆっくりと店内を見回した。大皿はキッシュとお浸しが完売、お勧め料理はカルパッチョと空豆が終わっていた。

「すみませんね。売り切れが多くて」

「いや、こっちも友達と寿司《すし》屋へ寄った帰りでね。あまり腹は減ってないんだ」

新見はお通しにナムルを選び、天青を一合注文した。

「あとはおでん……大根と昆布、新じゃが下さい」

新見がおでんをつまみにゆっくりと酒を呑んでいる間に、お客さんは次々と席を立ち、九時半を過ぎるとカウンターには新見しかいなくなった。

「今日は早仕舞《はやじま》いにしますけど、ゆっくりしてらして下さいね。ちょっと失礼……」

恵は一度表に出て、入り口の掛け札を「準備中」に裏返して、立て看板をしまい、暖簾《のれん》の端を竿《さお》に巻き上げてカウンターに引き返した。

「先ほどまで、大友さんと浦辺さんもいらしてたんですよ。お二人とも、ゴールデンウィークのお見合いパーティーは、収穫なかったそうです」

新見はチラリと微笑んだ。自分自身が娘の婚活に乗り出したばかりだった。まいと佐那子の話では、二人と同じ結婚相談所に相談に行ったという。

「筍ご飯、お土産にしますから持って帰って下さい。余っちゃったんで、お裾分《すそわ》けです」

　恵は壁の貼紙を指さした。

「ありがとう。嬉しいな」

　そして、グラスに目を落として寂しげに呟いた。

「亡くなった家内は料理が上手《うま》かったんですが、娘は多分、料理は出来ないと思います。幼稚園の頃から塾に通って、ひたすら勉強でしたから」

「お受験ですか」

「家内がね。自分の一族がみんな慶應《けいおう》か雙葉《ふたば》を卒業してるんで、娘もどちらかに行かせたがったんです」

　新見の口調には悔恨《かいこん》の響きがあった。

「小学校も中学校も落ちて、高校も第一志望を落ちて、大学も第三志望校に補欠で入りました。だからきっと、司法試験に受かってみんなを見返してやろうと思ったんでしょう。本人も家内も、それしかリベンジの方法がないと思い込んで……」

　ところが今現在、新見の娘は、事前に抱いていた弁護士のイメージと現実とのギャップに苦しんでいるという。

「父親である私が、もっと早くに二人を諫《いさ》めるべきでした。実力以上に高望みしてもろくなことはない。それより、その年齢でしか経験出来ないことを大切にしなさい、友情を結びなさい、感性を磨きなさい、感動を体験しなさい、と」

新見は自嘲《じちょう》めいた笑みを浮かべた。

お受験を経験したことのない恵には、何とも答えようがなかった。しかし、新見も別に答えは期待していないようだった。ただ、思いの丈《たけ》を吐き出したいだけらしい。そして、恵が家族でも親戚でも友人でもない、謂《い》わば行きずりの人間だからこそ、素直に打ち明けることが出来るのだろう。

今の恵は道端《みちばた》の電信柱のようなものだった。しかし、人間は時として電信柱が必要になる。占い師として様々な人の内面と向き合う経験をしたからこそ、そう思える。

「妻も娘も私に反発しました。私の言うことはすべてきれい事だ、友情も感性も感動もメシのタネにはならない、と」

新見は当時を思い出したのか、やりきれなさそうに眉《まゆ》をしかめた。

「二人が反発するのも無理はなかった。私は家事も子育てもすべて家内に任せっきりで、研究に没頭していました。今更口を出せた義理ではなかったんです。しかし……その結果、娘は少しも幸せになっていません。少しずつ不幸になっています。若さを失うにつれて、その不幸は取り返しが付かないほど大きくなっていくでしょう」

新見は天青のグラスを干して、肩を落とした。

「すみません。こちらに伺う度に、お恥ずかしいところをお目にかけています」

「気になさらないで下さい。人間、時には思いっきり胸の裡《うち》を吐き出さないと、病気になりますよ。『王様の耳はロバの耳』っていう童話がありましたよね?」

恵は自分のグラスに天青を注いでから、新見の前に新しいデカンタを置いた。

「はい。店からの奢《おご》りです」

「ありがとうございます」

新見は頭を下げ、グラスに酒を注いだ。

「お嬢さんのお名前、伺ってよろしい?」

「これは失礼しました。晶《あきら》といいます。一九八二年五月十日生まれ、牡牛《おうし》座、A型です」

「よくご存じで」

恵が微笑むと、新見は暗い顔で首を振った。

「私が知っているのはこれだけです。他のことはほとんど知りません。食べ物の好き嫌い、どんな映画や音楽や小説が好きか、どういうタイプの男が好きか……過去にどんな男と付き合っていたかも知りません。如何《いか》に娘の人生にコミットしてこなかったか、愕然《がくぜん》とする思いですよ」

「新見さん、父親なんてそんなものですよ」

　恵は力強く断言した。亡くなった恵の父だって、新見と似たり寄ったりに違いない。

「ところで、大友さんたちと同じ結婚相談所に入会なさったと伺ったんですが、感触は如何ですか」

「まだ、何とも。でも、相談員の方は経験豊富で信頼出来そうな気がします」

「お父さまとしては、晶さんのお相手にどんな条件をお望みですか」

　新見は「とんでもない」と手を振った。

「うちはそんな贅沢を言えた義理じゃありません。健康で人柄さえ良ければ、あとはもう……」

　そうは言っても……と恵は心の中で思った。晶は弁護士という立派な職業に就いている。本人としては結婚相手に職業・収入・社会的地位、それに容姿など、色々条件があるだろう。

　恵は目を凝らし、じっと新見を見た。

「晶さんは背が高くて美人ですね?」

　新見は照れたような顔をした。

「美人は言いすぎです。確かに背は高いですが……百七十センチあります。しかし、さすがは元人気占い師さんだ。よく分かりましたね」

　これは占いではない。新見が長身で端整な容貌《ようぼう》なので、きっと娘も長身で美人に違いないと思ったのだ。

「それじゃ、やっぱり晶さんよりは背が高くて、一流大学卒で、一流企業の社員か公務員、医者か弁護士じゃないと、お気に召さないかも知れませんね」

「大切なのは人柄です」

　新見はきっぱりと言った。

「娘だって司法試験に合格してから十年近く、社会に出て働いてきました。いい加減、目が覚めたはずです。学歴や職業が良くても、性格が悪かったら最悪だと。早い話が、妻の一族は超の付くエリート揃いですが、人間的にはイヤな奴ばかりです」

新見は一度言葉を切り、深く息を吸い込んだ。

「どんなに大きな数字も、ゼロをかけた瞬間にゼロになりますね。私は人柄もそれと同じだと思ってます。どれほど地位や財産があっても、性格が悪かったらご破算です」

言い得て妙だと、恵は感心した。

「娘は四月から我が家に舞い戻ってきました。一度は独立して一人暮らしを始めたのですが、お恥ずかしいことに、弁護士会に納める会費が払えなくなって、マンションを引き払ったようです。娘が弁護士としてどの程度のものか、お分かりでしょう」

弁護士は弁護士法によって、都道府県別の弁護士会と日本弁護士連合会（日弁連）に所属しないと、弁護士としての活動が出来ないと定められている。つまり、二つの強制加入団体に所属し、会費を納めなくてはならない。晶の場合は年間三十七万円弱だという。

新見は改めて居住まいを正し、恵と向き合った。

「実は、本日伺ったのは、折り入ってお願いしたいことがあったからなんです」

「何でしょう？」

新見は書類鞄《かばん》からパンフレットを取り出して、恵に差し出した。

Ａ４判で、表紙には「縁結び親の会」と印刷されている。

「これは？」

「謂わば、代理婚活です。子供に代わって親同士がお見合いをして、良い相手がいたら子供同士を見合いさせるシステムです」

「……代理婚活」

恵はパンフレットをパラパラとめくった。ホテルの宴会場のような会場に、披露《ひろう》宴《えん》のような丸テーブルが並び、年配の男女が話し込んでいる写真が載っていた。

「年齢が高くなっても結婚する気のない子供や、仕事が忙しくて相手を探す暇のない子供に代わって、親が相手探しをするわけです」

恵は黙って頷いた。退職代行の次は婚活代行とは、一日に二つも新しい現象を知った。

「私は、なかなか良いシステムだと感心しました。親同士が上手くいけば、子供同士も上手くいく確率が高いと思うんですよ」

新見の言うことには一理あった。嫁姑《よめしゅうとめ》の関係も、互いの相性が良ければ険悪にはならないはずだが、恋愛結婚の場合、相手の親を確かめてから恋愛するわけではない。

「仰《おつしや》る通り、これは悪くないですね。結婚を目標にするなら、合理的なシステムだと思います」

「……良かった」

新見の顔に安堵《あんど》が浮かんだ。

「ご報告が後になりましたが、今月最後の日曜日、私はこの会に参加を申し込みました」

「いいじゃないですか。善は急げです」

「それで……まことにぶしつけなお願いですが、一緒に参加していただけないでしょうか」

「はあ？」

恵は意味が分からず、間抜けな声を出してしまった。

「私と一緒にこの会に出て、親御さんたちと面談して、うちの娘に相応しい候補を選んでいただきたいんです」

「そ、そんなこと……」

無理ですと答えようとして、途中で言葉を呑み込んだ。目の前の新見が、まるで捨てられた子犬のような目で恵を見ていたからだ。

「無理を承知でお願いします」

新見はカウンターに両手をついて、額がくっつきそうなほど深く頭を下げた。

「先ほどお話しした通り、私は娘のことをまるで理解していません。正直、どういう男性と結婚したら娘が幸せになれるのか、見当が付かないんです」

恵は困惑して身の置き所がない心地だった。

「新見さん、困ります。とにかく頭を上げて下さい」

新見はゆっくりと頭を上げた。

「もう一つ、私は自分の人を見る目が、あまり当てにならないという自覚があります。娘を不幸せにする最悪の相手を選んでしまうかも知れない」

恵は思わず「そうですね」と同意しそうになり、やっとのことで踏みとどまった。今夜の告白を聞く限り、新見と亡き妻の一族との相性は最悪だったようだ。そんな相手と結婚してしまったのだから、新見の言葉は説得力に満ちている。

「でも、会の規則違反になりませんか。私は晶さんの母親ではないわけですし……」

「それは大丈夫です。亡くなった家内の代理という資格で出席していただきますから。そもそも、大事な面談に臨むというのに、女性の視点が欠けているのは不安です」

　恵はまたしても同意しそうになった。

「相談員さんのお話では、お母さんが単独で会に出席して、お子さんの結婚をまとめた例はままあるそうです。しかし、父親が単独で参加した例はないということです」

　それもありそうな話だった。中高年の男性は社交性に欠ける人が多い。初対面の人たちの中に入って、自分の子供をアピールし、相手の両親の信頼を勝ち得て見合いに漕ぎ着けるのは、男親単独では至難の業《わざ》だろう。

「どうか、力を貸して下さい。残された時間は多くありません。私が退官するまでが勝負です。退官したら、娘の条件はずっと悪くなります。お願いです、助けて下さい」

　新見の切羽詰まった気迫に押され、恵は我知らず、つい首を縦に振ってしまった。

「ありがとうございます！」

　新見が勢いよく椅子から立ち上がった。

　恵は内心「バカ、バカ！」と後悔したが、もはや手遅れだった。

「本当にありがとうございます！」

新見は文字通り、両手を合わせて拝《おが》んだ。恵は声には出さずに「まだ死んでないってば」と呟いた。

「新見さん、私はまだ晶さんご本人にお目に掛かったことがないんですけど……」

「月末の金曜に、ここに連れてきます！　ご都合のよろしい時間を仰って下さい」

恵は腰に両手を当てて、溜息を吐《つ》いた。もうこうなっては仕方ない。乗りかかった舟だ。

「開店直後の方がありがたいです。落ち着いてお話し出来ますから」

恵は天を仰《あお》いだ。まだ光は見えてこない……。

三皿目

高《たか》嶺《ね》のヴィシソワーズ

五月の終わりはすでに初夏の気候だ。街往く人の服装は夏物に替わり、半袖が増える。

野菜類も枝豆や葉付きの谷中生姜《やなかしょうが》、インゲン、ラッキョウ、シシトウなどが登場し、一年中出回っているキュウリ・ナス・トマト・ピーマンなども、本来の旬を迎える。

二十九日は五月最後の金曜日で、新見圭介《にいみけいすけ》が娘の晶《あきら》を伴って来店する約束になっていた。

恵《めぐみ》は、出来るだけ初夏の味を取り揃《そろ》えようと張り切った。

大皿料理はラタトゥイユ、茹《ゆ》でインゲンの生姜醬油《じょうゆ》、ナスとピーマンの味噌炒《みそいた》め、キャベツのコンビーフ炒め、卵焼き。

ラタトゥイユは夏野菜（トマト、ナス、パプリカ、ズッキーニ）をたっぷり使い、旬のインゲンはサッと茹でて生姜醬油をかけただけで十分に美味《おい》しい。

おでんも六月からメニューに載せる「トマトの冷やしおでん」を、一足早く登場させた。

本日のお勧め料理は生ウニとアオリイカの刺身、谷中生姜の味噌添え、イワシの梅しそフライ、オクラ・プチトマト・ズッキーニとチーズの串揚げ、トマトのファルシー。

ウニとアオリイカは築地《つきじ》場外の鮮魚店で、手頃な値段で売っていた。イカはここ数年不漁で値上がりしてしまい、お買い得品は見つけにくくなっていたから、今日は運が良かった。

旬の谷中生姜はそのまま味噌を付けて齧《かじ》るのが夏の定番だ。この時期のイワシは銚子《ちょうし》沖で獲《と》れる真鰯《まいわし》で、入梅《にゅうばい》イワシと呼ばれて脂《あぶら》が乗っている。頭を取って開き、梅干のペーストを薄く塗って大葉を貼り、フライにすると新鮮な脂が梅干の酸味と大葉の爽《さわ》やかさに溶けて、こってり濃厚なのにさっぱりと食べられる。

ファルシーは中身をくり抜いたトマトやピーマンに具材を詰めた料理で、見た目が華やかなのでパーティー料理によく登場する。オーブンで火を通す方法もあるが、恵は夏のサラダ風に冷たく仕上げた。玉ネギのみじん切り、粗《あら》みじんにした茹で卵とアボカドをマヨネーズで和《あ》え、トマトに詰めてバジルの葉を飾ってみた。赤、黄、緑の彩《いろど》りで、とても美しい料理に仕上がった。

恵は店内を見回し、満足してニンマリした。これならきっと新見の娘も気に入ってくれるだろう。

暖簾《のれん》を表に掛け、立て看板の電源を入れ、入り口の札を「営業中」にひっくり返した。

カウンターに戻ったところで静かに入り口の戸が開き、新見が姿を現した。後ろには娘らしい姿も見える。

「いらっしゃいませ。どうぞ、お好きなお席に」

新見は背後を振り返り、娘を促《うなが》して席に着いた。

晶という名の娘は実年齢より若く、三十そこそこに見えた。化粧気がなく、さほど長くない髪を首の後ろにゴムで結び、ベージュのパンツスーツに分厚い書類鞄《かばん》を提《さ》げている。ジャケットの襟《えり》には弁護士を表す向日葵《ひまわり》のバッジを付けていた。

「お飲み物は何になさいますか」

恵はおしぼりを手渡して尋ねた。

「僕は生ビール、小で。……どうする?」

新見は物珍しそうに店内を見回している晶に訊《き》いた。

「それじゃ、同じで」

「かしこまりました。お通しは大皿料理からお好きなものを一品選んで下さい。単品でもご注文を承《うけたまわ》っております」

恵は簡単に料理の説明をして、グラスに生ビールを注いだ。

「ここの料理はみんな手作りでね。何を食べても美味《うま》いんだ。ママさん、僕はインゲン」

「はい。お嬢さんは何になさいます？」

「そうね……ラタトゥイユにしようかしら」

新見は壁に貼った「トマトおでん（冷）始めました！」の貼紙に目を遣《や》った。

「トマトおでん？　確か、麻布十番《あざぶじゅうばん》のおでん屋にもあったような」

「はい。あそこの真似《まね》です。うちは夏限定なので、冷蔵庫で冷やしてお出ししてます」

「じゃあ、それも下さい。あと、今日のお勧めは……？」

貼紙の隣には、本日のお勧め料理を書いた黒板が掛けてある。新見は端からゆっくり読んでいった。

「トマトのファルシーというのは？」

「トマトの中身をくり抜いて詰め物をした料理なんですけど……」

恵の説明に、新見は興味をそそられたようだ。

「美味しそうだけど、おでんもトマトだと、重なるな」

「よろしかったら、お嬢さんと半分ずつでお出ししましょうか」

「ああ、それはありがたい。他に、今日の勧めは？」

「全部……と言いたいところですけど、谷中生姜は初物なので、是非。あとはアオリイカとイワシでしょうか。最近はイカが手に入りにくくなりましたし、イワシは脂が乗って、今が旬です」

新見は小さく微笑《ほほえ》んだ。

「じゃあ、谷中生姜とイカの刺身とイワシのフライを下さい。食べないと後悔しそうだ」

晶は黙って二人のやりとりを聞きながら、ラタトゥイユを肴《さかな》に生ビールをゆっくりと呑《の》んだ。

恵は冷蔵庫からトマトおでんとファルシーを出し、包丁で半分に切って皿に盛り、取り皿を二枚添えた。

「お酒は何かな？」

「今日は十四代《じゅうよんだい》と喜久酔《きくよい》を用意しました。一杯目は十四代がお勧めです。洋風のオードブルにも合うので、ファルシーにピッタリです。喜久酔は和食は何でも合いますよ」

「では十四代を一合。グラス二つで」

新見が問いかけるように顔を覗《のぞ》き込むと、晶は黙って頷《うなず》いた。

恵は谷中生姜を出してから、デカンタに十四代を注いだ。普段は置かない高級酒だが、新見親子を歓迎したい気持ちで仕入れた。二人の箸《はし》の進み具合を見ながら、イカの刺身の準備に掛かる。

恵は包丁を握る前に、さりげなく晶の顔を見た。

もったいない……。

それが正直な感想だった。新見に似て端整な顔立ちで、十分美人の部類に入る。しかし、表情が暗く狷介《けんかい》だった。下手《へた》をすると意固地《いこじ》で偏屈《へんくつ》と受け取られかねない。たいていの男は、今の晶に近づくのをためらうのではあるまいか。

もっと表情が柔らかくなり、自然な笑顔が浮かぶようになれば、心惹《こころひ》かれる男は大勢現れるだろうに。

「お父さん、こちらのお店はいつから？」

トマトのおでんを口に運んで晶が尋ねた。

「新学期からだ。初めて講義のあった日、帰りがけに高橋《たかはし》さんに誘われてね。彼の行きつけの店が近くにあるそうだが、生憎《あいにく》と臨時休業だった。で、しんみち通りなら適当な店があるだろうとなって、偶然こちらに入ったわけだ」

「ふうん」

晶はつまらなそうに相槌《あいづち》を打ったが、新見は感慨深げに先を続けた。

「まったく偶然の切っ掛けだったが、これもご縁だったと思うよ。今では講義が終わると、めぐみ食堂に寄るのが楽しみになった」

「お陰様でご贔屓《ひいき》にしていただいて、ありがとうございます」

恵は会釈《えしやく》を返し、イワシのフライを油鍋に泳がせた。水分の跳《は》ねる威勢の良い音に続いて、香ばしい油の匂《にお》いが立ち上った。

「イワシは好物でね。煮ても焼いても揚げても美味い」

新見はうっとりと目を細め、カウンター越しに漂ってきたイワシの梅しそフライの匂いを吸い込んだ。

「ところで、お宅は梅煮はやらないの？」

「やりますよ。今日はフライにしましたが、梅煮のときは大皿で出してるんです」

「そう。今度、梅煮を作る日が決まったら教えて下さい。その日は必ず伺いますから」

「あら、嬉しい。でも、それなら新見さんのご都合を伺った方が早いわ。その日に合わせて作りますから」

これまでの実績から、浄治《じょうち》大学で講義があるのは火曜日だろうと見当は付けていたものの、晶の前で口にするのは憚《はばか》られた。店に入ってきたときから気付いていたが、どういうわけか、あまり機嫌が良くないらしい。料理を口にする回数が増えるにつれて、多少は改善されてきたものの、全身から発する気配には敵意がこもっている。

恵は千切りキャベツを添えた皿に揚げたてのフライを横たえ、カウンターに置くと、続けてソースの容器を出した。

「梅と大葉でお味が付いてますが、足りないようでしたら、どうぞお使い下さい」

新見と晶は揃ってフライに箸を伸ばした。二人ともソースは掛けずに、梅しそ味のイワシを頬張《ほおば》った。

「……美味しい」

晶はそう口に出してから、あわてて緩《ゆる》んだ頬を引き締めた。

「ママさん、来週は火曜に浄治で講義だから、帰りに寄りますよ。イワシの梅煮、頼めるかな?」

「はい、かしこまりました。お待ちしています」

新見は箸を置いて晶に顔を向けた。

「火曜の夕方、ここで待ち合わせないか。晶もお母さんの作るイワシの梅煮、好きだったよな?」

「うん」

見たところ、晶は新見の言葉の後半に同意しただけで、めぐみ食堂で待ち合わせるのは気が進まないらしかった。

新見はデカンタに残った十四代を晶のグラスに注ぎ、カウンターに置いた。

「これ、お代わり。二合下さい」

「はい、ありがとうございます」

父と娘の様子をつぶさに見て、恵は新見が気の毒になった。

二人の会話は途切れがちだった。新見はぽつりぽつりと晶に話しかけるのだが、晶は気のない返事をするばかりで、後が続かない。

家庭を顧《かえり》みなかった男が妻に先立たれ、三十半ばを過ぎた娘と正面から向き合わざるを得なくなったとき、多かれ少なかれ、新見親子のような光景が展開されるのではあるまいか。

娘はとっくに大人になって、父親から心が離れてしまったのに、父親の方ではその自覚がなく、子供時代と今の姿のギャップに困惑し、狼狽《うろた》えてしまう……。

不機嫌を隠そうともしない晶の顔を端《はた》から見ていて、恵はやっと気が付いた。

ああ、なるほど。そうだったのか。

恵はクスッと笑いを漏《も》らし、晶の顔を正面から見た。

「何ですか？」

「すみません。ただ……新見さんはご自身がお嬢さんのことを何も知らないって、嘆《なげ》いてらっしゃいました。でも、お嬢さんもお父さまのことを何もご存じなかったんですね。お相子《あいこ》でしたね」

晶は不愉快そうに片方の眉毛《まゆげ》を吊《つ》り上げた。

「意味が分かりません」

恵はあくまでも穏やかに、しかしきっぱりと言った。

「新見さんには再婚の意思はありません。ただ、ご自身の退官が迫っているのに、お嬢さんに結婚の兆候がないことを心配なさってるんです。それで相談をされたんですよ」

晶はハッと息を呑み、真意を探るように恵を見返した。新見はわけが分からない顔で呆然《ぼうぜん》としていた。恵は新見の困惑を受け止めるように、力強く頷き返した。

「新見さん、お嬢さんは、新見さんが再婚相手に引き合わせるために、ここへ連れていらしたと誤解なさったんです。つまり、新見さんが私と再婚するつもりだと思われたんですよ」

「違うの？」

晶は新見と恵を交互に見て尋ねた。

新見は虚を衝《つ》かれたように、ポカンと口を半開きにしている。

「何を、バカな……いや、失礼。しかし……」

「お気持ちはよく分かります。夢にも思っていないことを言われて、頭の中が真っ白になってしまったんでしょう？」

「は、はい。その通りです。まことに面目《めんぼく》ない」

新見はあわてて頭を下げたが、恵は笑って手を振った。

「お嬢さん、これで誤解は解けましたか？」

晶は神妙に頭を下げた。

「すみません。すっかり誤解してました。料理の上手《うま》い美人ママの店と聞くと、すぐオヤジ転がしと思ってしまうんです。取り扱い案件で、そういう例がいくつもありましたから。母が亡くなって三年になるので、父も寂しさに耐えかねて引っかかったんじゃないかと」

　さすがにバツが悪そうに父親を盗み見た。新見は苦虫《にがむし》を噛《か》みつぶしたような顔で腕組みしている。

「本来なら、父が誰と再婚しようと自由です。子供といえど口を出す権利はありません。ただ、うちの家も土地も母が実家から受け継いだ財産で、父が築いたものではありません。それが再婚相手の手に渡るのは、やっぱり納得出来ないんです」

　新見はまたしても、ポカンと口を半開きにした。娘からこんなことを言われようとは、夢にも思っていなかったのだろう。いや、それ以上に、財産のことも再婚のことも、再婚相手に遺産相続権が生じることも、現実世界の生臭い事象について、何一つ考えたことがなかったのだろう。要するに象牙《ぞうげ》の塔の住人、世間知らずなのだ。だから娘が四十近くなるまで、結婚についてまったく考えないできてしまったのだ。

　しかし、恵は新見を非難する気になれない。世俗にまみれていないのは、それほど純粋に学問と取り組んできたわけで、学者としては正しい姿ではあるまいか。もし新見に代わって世俗と相対してくれた奥さんが今も生きていてくれたら、すべてはそれなりに上手くいったかも知れない。

「お嬢さん、怒らないで聞いて下さいね」

「晶で良いです。もう、お嬢さんと呼ばれる年でもありませんから」

「あらまあ。私から見たらカワイイお嬢さんですけどね」

恵はニッコリ微笑んだ。

「新見さんは、ご自分が亡くなった後で晶さんがどうなるか、とても心配なさってるんです。信頼出来るパートナーが見つからなければ、やがて独居老人になって孤独死してしまうかも知れない……。そう思うと夜も眠れないって仰《おつしや》るんです。お節介《せつかい》かも知れないけど、私は親心ってありがたいと思いましたよ」

晶は黙ってカウンターに目を落とした。否定もせず、笑い飛ばしもしないのは、内心忸怩《じくじ》たるものがあるからだろう。

「実は、私は昔、占い師をしていました。そのせいか、ほんの少し男女の縁が見えるんです。今までそのご縁をつないで、何組もカップルが誕生しています。新見さんはそれを知って、晶さんに良いパートナーを見つけるにはどうしたら良いか、私に相談なさったんです」

晶は驚いて目を見張った。

「私は『父親である新見さんが退官してからでは条件が悪くなる。婚活を始めるなら今しかない』とアドバイスさせていただきました」

多少話を盛っているが、大筋で嘘は吐《つ》いていない。

「お店のお客さまに、現在婚活中の方がお二人いらっしゃいました。ちょうど良い機会なので、お二人の紹介で新見さんも結婚相談所に登録なさったんです」

晶は狐《きつね》につままれたように、パチパチと目を瞬《しばた》いた。

「あのう、ちょっと待って下さい。どうして父が結婚相談所に行くんですか。当事者は私なのに」

「今時の結婚相談所には、代理婚活といって、忙しいお子さんに代わって、親御さん同士でお見合いをするシステムがあるんです。親同士が気に入ったら、今度は子供同士がお見合いをします」

晶は露骨に眉をひそめた。

「それって、おかしくありません？」

「ところが、よく考えると合理的なんですよ。親が気に入った相手とお見合いするわけですから、結婚することになっても、相手の親とのトラブルが避けられるでしょう？」

晶はじっと考え込んだ。

「晶さんご自身は、良い人が現れたら結婚しても良いとお考えですか」

「それは……はい」

予想通り、晶は素直に頷いた。

ほとんどの独身女性は「生涯独身を貫こう」とは考えていない。「良い人が現れたら結婚しても良い」と思っている。まして四十が目の前に迫っていれば尚更《なおさら》だ。それでも結婚する人としない人に分かれるのは、「良い人」を漠然《ばくぜん》とした好意とととらえているか、具体的な条件として想定しているかの違いにある。

漠然とした好意とは恋愛の同義語に他ならない。恋愛が成立するかしないかは偶然に左右されるから、恋愛を結婚の前提条件にすると、結婚の確率も下がってしまう。しかし、具体的な条件を設定している人は、それが身の丈《たけ》に合っている限りにおいて、非常に高い確率で結婚出来る。結婚というゴールポストが動かないからだ。

晶はどちらだろうか。おそらく、結婚については漠然としたイメージを抱いているだけだろう。受験勉強と司法試験で手一杯で、社会人になってからは仕事で忙しく、結婚など考える暇もなかったはずだから。

「晶さんのような若い方は、結婚相談所というと古くさいイメージがあるかも知れません。でも、私は真剣に結婚を考える人が結婚相談所を利用するのは、とても良い方法だと思うんです」

腑《ふ》に落ちない顔をしている晶に、恵は丁寧に説明した。

「私の友達が『人間関係は出会いの場所で左右される』と言ってたんです。遊びの場で知り合うと遊びで終わってしまい、仕事の場で知り合うと仕事仲間で終わってしまう。だから結婚を望んでいるなら、同じような考えの人の集まる場所で知り合うのが、一番近道じゃないかって」

それを言ったのは茅子《かやこ》だったが、恵もまったく同感だった。

晶が初めて納得した顔になった。おそらく、過去に仕事仲間で終わってしまった異性がいたのだろう。

「けだし、名言だ。確かにその通りだ」

新見も感心したように何度も頷いた。

「もちろん、晶さんが婚活に積極的に乗り出すのなら、ご自身で結婚相談所に登録するのがお勧めです。それに今はマッチングアプリという便利なツールもあって、相談所より手軽に相手を紹介してくれます。うちのお客さまにも婚活に利用した方がいました。もっとも、結婚した相手はアプリとは関係のない人でしたが」

「マッチングアプリとは、何ですか？」

興味深そうに身を乗り出したのは新見の方だった。

「スマートフォンのアプリです。色々な会社が運営していますが、基本的には会員登録をして、メッセージを遣り取りして、好《よ》さそうな人を探すシステムです。これは相談所に足を運ぶ必要もないし、会員の人数も桁違《けたちが》いに多いので、上手に利用すればとても役に立ちます」

その手軽さと値段の安さが受けて、今、マッチングアプリは結婚相談所を凌駕《りょうが》する勢いだった。アメリカでは、カップルの四分の一がマッチングアプリで知り合ったという。

「ただ、昔の出会い系サイトみたいなアプリもあるので、事前に調べてからでないと危険です。真面目《まじめ》に結婚相手を探せるアプリは、女性からもちゃんと会費を取りますから、それが目安になると思います」

マッチングアプリの会費は高くても四千〜五千円なので、結婚相談所に比べるとはるかに垣根が低い。

「晶さんはご自身で婚活するお気持ちはありますか」

「それは……」

目が宙に泳いだ。今まで「婚活」とは無縁に生きてきたので、突然そんなことを言われても困るのだろう。

「でも、もし良い人が現れたら、結婚しても良いと考えてるんですよね？」

「ええ、まあ」

「じゃあ、話は決まりましたね」

恵は晶から新見に目を移した。

「まずは新見さんが『縁結び親の会』に出席して、晶さんと相性の良さそうな方を探します。良い人が見つかったら、その人と直接会ってみましょう。好みに合わなければ断れば良いし、タイプだったら次も会えば良いんです」

晶は曖昧《あいまい》に頷いた。新見はそれを見て、明らかに安堵《あんど》していた。

「はい。それでは婚活事始めを祝して、お店からです」

湯気の立つおでんを皿に盛り合わせて二人の前に置いた。大根・コンニャク・昆《こん》布《ぶ》・がんもどき・はんぺん。おでんの定番勢揃いだ。

「ありがとう。でも、これはちゃんとお勘定《かんじょう》を取って下さい。ママさんにはお世話になりっぱなしだから」

「大丈夫ですよ。お安いネタしか出してませんから」

恵がドンと胸を叩《たた》くと、晶が初めて小さく笑みを漏らした。笑顔の晶は仏頂面《ぶっちょうづら》のときとは別人のように、可愛《かわい》らしく見えた。

その日は客の入りが良く、七時前にカウンターは満席になった。

七時半を過ぎ、新見が晶を連れて席を立つと、入れ替わりに男女二人連れが入ってきた。

「あら、いらっしゃい!」

恵はその顔を見て声を弾ませた。矢野亮太《やのりようた》と旧姓日高真帆《ひだかまほ》の夫婦だった。

亮太は四谷《よつや》の会計事務所に勤める公認会計士、真帆は啓宥館《けいゆうかん》大学文学部の大学院に籍を置く研究員で、博士号まで取った才媛《さいえん》なのだが、博士号取得者増加の余波を受け、助手や講師など大学の常勤ポストに就《つ》けずにいた。所謂《いわゆる》ポスドクである。

「ちょうど良かった。今日はアオリイカの良いのが入ってるの。残り一人前よ」

イカは真帆の好物だ。

「嬉しい。あら、トマトのファルシーも美味しそう」

「その前にお通し。僕はインゲン」

「私は……キャベツのコンビーフ炒め。子供の頃よく食べたわ」

恵は注文のレモンハイを出してから、大皿料理を小皿に取り分けた。

結婚前、亮太は週三回はめぐみ食堂に、文字通り食堂代わりに来てくれた。今はさすがにそんなことはないが、夫婦で週に一度は顔を出してくれる。

「ねえ、ママさん、今度、真帆さん、本の出版が決まったんだよ」

亮太が嬉しそうに言った。結婚してからも互いを「さん」付けで呼び合っている。恵にはそれが新鮮で微笑ましく思えた。

「それはおめでとうございます。すごいですねえ」

真帆は恥ずかしそうに首を振った。

「すごくないですよ。学術書ですから、自費出版に毛の生《は》えたくらいの部数しか出ないし」

「あら、学問の本が出せるなんて、それだけですごいわ」

亮太を通じて、真帆が精力的に学術論文を書いていることや、すでに共著と単著も刊行されている優秀な研究者であると聞いていた。

「今度の御本で、新しい実績が積み上がりますね」

「だと良いんだけど」

真帆はチラリと微笑んで、頼もしそうに亮太を見た。その表情には幸せがしっとりとにじみ出ているようで、見ている恵まで幸せな気分になった。

結婚前の真帆は、相次いで両親を喪《うしな》った不幸と、熾烈《しれつ》を極める常勤ポスト争いからはじき出された不安に打ちのめされていた。あの頃の真帆は、生きているのに幽霊のように存在感がなかった。それが今は毅然《きぜん》として輝いて見える。良き伴侶《はんりょ》を得た安心感が、勇気と落ち着きをもたらしたのだ。

「今日はどうしたの？　十四代なんてあるじゃない」

亮太が冷蔵庫から出したばかりの一升瓶《びん》のラベルに目を留めた。

「真帆さんにお祝いがあるのを予想してたからよ」

「ほんと？　さすがは元レディ・ムーンライト」

「……と言いたいとこだけど、実は成り行きで仕入れちゃったのよ。でも、良かったわ」

真帆がアオリイカの刺身の皿を前に、亮太に尋ねた。

「お刺身はやっぱり日本酒でしょ？」

「そうだね。ママさん、十四代を二合」

さすがの人気で、十四代の瓶は空になってしまった。

「はい、ラスト二合になります。野菜のオードブルと相性が良いから、トマトのファルシーもよく合いますよ」

恵は冷蔵庫からファルシーを出して皿に載せた。

「これ、きれいね。パーティー料理にピッタリ」

「今日はサラダ仕立てにしましたけど、玉ネギのみじん切りとひき肉とチーズを詰めて、オーブンで焼いても美味しいですよ」

「ありがとう。良いこと聞いたわ。今度うちでもやってみます」

真帆が目を輝かせ、亮太とグラスを合わせて乾杯した。

そんな真帆を見ると、どうしても晶と比較してしまう。

ポスドク問題も弁護士の過剰も、どちらも国の制度変更に振り回されて出来《しゅったい》した。真帆も晶もある意味、制度の犠牲者だ。

しかし、その中でも良き伴侶を得た真帆は、幸せを噛みしめながら挑戦を続け、実績を積み上げている。晶も良き伴侶と巡り会い、幸せな結婚生活を送ったら、新しい道が開けるのではあるまいか。

少なくとも、あんな暗い顔をして生きなくても済む……。

恵は改めて、晶に幸せな結婚をしてもらいたいと思った。新見の願いを叶《かな》えてあげたいと思った。あの父と娘に、心豊かに安心して過ごせる日々を送って欲しいと願った。

代理婚活、頑張らなくちゃ！

恵は心の中で気合いを入れ直した。

五月末日の日曜日、恵は「縁結び親の会」の会場になったホテルのロビーで新見と待ち合わせた。少しでも子を持つ母親らしく見えるように、気温二十七度に近い日だったが、無理して黒っぽい単衣《ひとえ》の着物を着た。一応着物の世界では五月までは袷《あわせ》を着るという決まりがあるが、今はあまりうるさいことは言われない。五月でも、暑い日は単衣でＯＫという流れになっている。

ちなみに、「着物警察」と呼ばれる取り締まり集団がいちゃもんを付けに出没するのは、歌舞伎座《かぶきざ》とお茶会くらいで、街往く人の大半は着物を着たことがなく、決まり事も知らない。着たもん勝ちの世界になっている。だからある意味、洋服より気楽だった。

先にロビーで待っていた新見も、夏物のジャケットを羽織っていた。

「本日はよろしくお願いします」

新見は深々と頭を下げた。顔が緊張で強張《こわば》っている。

「こちらこそ」

お辞儀を返しながら、恵は付き添ってきて良かったと思った。新見一人では、親同士で上手くコミュニケーションが取れそうもない。

「新見さん、リラックスしていきましょう。会場に集まる方たちはみんな同じ立場です。結婚出来ない子供を持った親ですよ」

その言葉で安堵したらしく、新見は肩の力を抜いた。

「係の人に言われて用意してきたんです。あるものを焼き増ししただけなので、あまり良く撮れていないんですが」

新見はクラッチバッグから小型の茶封筒を取り出した。中には晶の上半身の写真が十枚ほど入っていた。

「これはと思う相手がいたら、写真を渡すそうです」

写真は標準サイズだが、証明写真を引き伸ばした感じで、味も素《そ》っ気《け》もない。

「もったいないですね。実物の方がずっときれいなのに」

「係の人に言われました。写真は大事だから、写真館を選びなさいと。何でも、そこで撮影すると、お見合いや就職が絶対に決まる写真館があるそうなんです」

「本当ですか？」

恵は冗談だろうと思ったが、新見は真剣だった。

「私も最初は信じられなかったんですが、家に帰ってネットで検索したら、そこが出てきたんです。実物と写真も出ていたんですが、確かに、本人の良いところを上手く引き出していて、感心しました。今度、娘をあそこへ連れて行って見合い写真を撮るつもりです」

切羽詰まった親心の表れだった。恵は笑う気になれなかった。

二人は連れ立ってエレベーターに乗り、会場のある階に向かった。

絨毯《じゅうたん》を敷き詰めた宴会場は、百畳以上はありそうだった。入り口近くに長方形のテーブルがあり、相談所の係員が五人立っている。そこが受付だった。氏名を告げると番号札と資料の入ったA４封筒を渡され、更にA３サイズの厚紙と赤いマジックが手渡された。

「横のテーブルでこの紙に名札の番号と、お子さんの年齢、最終学歴、職業、結婚経験の有無を記入して下さい。もしご養子を希望される場合は、必ずその旨《むね》お書き下さい」

記入が終わると係員に席に案内された。

対面式に並べられた椅子《いす》の列が三組あった。参加者は百人を超えているようだ。

名札の番号は15番で、案内された椅子にも15と書いた紙が置いてあった。

「お掛けになって、資料に目をお通し下さい。畏《おそ》れ入りますが、その間もこの紙は他の皆さんから見えるように、お膝《ひざ》の上に立てておいていただけますか」

係員に言われて恵は膝に寝かせていた紙を立てた。これはプラカードのようなものかも知れない。見れば向かいの椅子に座った夫婦は、黒マジックで書かれた紙を立てている。「15　42歳　早稲田《わせだ》大学理工学部　川崎重工勤務　未婚」と書いてあった。

なるほど、分かりやすい。それに、娘を持つ親と息子を持つ親が向かい合わせに座るように配慮されているのもありがたい。

「もし、お話ししてみたい方がいらしたら、番号を確認してお声をかけて下さい。その後はご両家で奥のテーブル席に移動なさって、ごゆっくりお話し下さい」

部屋の奥、スペースの半分ほどは丸テーブルで埋まっている。各テーブルごとに椅子が四脚置かれているので、二組の親が座って話が出来る。

新見は渡された資料を熱心に読んでいた。結婚を希望する人物とその簡単な経歴が、上からずらりと並んでいる。お見合いでいうところの「釣書《つりがき》」のリストだ。

恵も受け取ってざっと目を通した。娘を持つ親には男性の、息子を持つ親には女性のリストのみが渡されていた。各人の先頭に付いている番号は、名札の番号と同じなのだろう。だから釣書を見て興味を持った相手がいれば、名札かプラカードの番号で探せば、すぐに目指す相手の親を見つけられる。

よく考えられているなあ。

恵は「縁結び親の会」の仕組に感心した。きっと回を重ねるごとに改善されてきた知恵なのだろう。

「恵さん、この人をどう思う？」

新見がリストに書かれた名前を指さした。

「28　45歳　○○大学理学部卒業　××科学研究所勤務　2010年結婚　2013年離婚　子供無し」

恵は資料から目を上げた。

「とても立派な経歴だと思います」

「堅い職業なので、将来も安心です」

「離婚経験者ですが、そちらは気になりませんか」

新見はさっぱりした顔で首を振った。

「年齢を考えたら、一度結婚している方が自然です。それに『生き別れには嫁いでも死に別れには嫁ぐな』という格言があるでしょう？　奥さんが亡くなっていると、どうしても美化する傾向があると思うんです。美化された奥さんと比べられたら、再婚相手は不利ですよ。でも、離婚の場合は相手がイヤで別れたわけだから……」

「なるほど。仰る通りだと思います」

新見は恵が思っていたより、さばけているようだ。これなら晶の婿《むこ》選びも上手くいくかも知れない。

椅子席の八割ほどが埋まると、係員が立ち上がってマイクで呼びかけた。

「さて、そろそろ皆さまお揃いになりましたので、お話ししてみたい方がいらっしゃったら、ご遠慮なくお声がけ下さい」

恵は隣の列を見た。28番の夫婦の前には、すでに二組の夫婦が立っていた。

「新見さん、順番が来るまで、別の方とお話ししてみませんか」

「……そうですね」

新見がリストに目を落とした。

と、受付であわただしい声がした。

「すみません！　事故で電車が遅れて……」

「まだ大丈夫ですよね！」

「もちろんです。今始まったばかりですから。まずはお名前を……」

「仁木《にき》です。息子の名前は仁木貴史《たかし》です」

恵はビックリして受付を振り返った。

間違いなく、ベリーファーム仁木の仁木泰史《やすふみ》と雅美《まさみ》夫婦だ。

「仁木さん！」

恵は椅子から立ち上がって歩き出した。

「玉坂《たまさか》さん？」

泰史と雅美も意外そうな顔で恵を見返した。

「いったいどうなさったんです、こんなところで？」

「玉坂さんこそ……？」

「私、今日は付き添いなんですよ」

恵はちょっと呆気《あっけ》に取られている新見を振り返り、ニッコリ笑って会釈した。

「あの方は大学教授で、私の知り合いなんです。お嬢さんの結婚相手を探していらっしゃるんですが、奥様を亡くされていて、一人では心許《こころもと》ないと仰るので、私が」

「ああ、なるほど」

仁木夫婦は納得した顔で頷いた。

「それで、仁木さんたちは、どうして？」

「うちは息子の嫁探しですよ」

「ウソ！　貴史さん、独身だったの？」

「バツイチです。離婚してもう十年ですよ」

雅美が幾分情けなさそうな声で言った。

思いがけない話に、恵は面食《めんく》らっていた。貴史の印象は真面目で優しく誠実だった。どうして離婚してしまったのだろう？

「本人は苺《いちご》作りに夢中で、再婚話に耳も貸さなくてねえ」

「でも、このまま年取ったらひとりぼっちですからねえ。何とか私らの元気なうちに嫁さんを……」

「ちょ、ちょっと待って」

恵は両手を胸の前に立て、ストップをかけた。

「あちらのテーブルでゆっくりお話ししましょう。今、素晴らしいお嫁さん候補を紹介しますからね」

恵は二人に丸テーブルを指し示し、足早に新見の元に戻った。

「新見さん、良い方を見つけましたよ！」

新見は仁木夫婦の歩みを目で追った。

「あちらは、お知り合いですか？」

「はい。人柄は保証付きです。ちょっと拝見」

恵は新見からリストを借り受け、仁木の名を探した。最後から二番目に「仁木貴史」の名があった。あわてて経歴に目を通す。

「1978年7月3日生まれ　血液型AB型　2001年東京農工大学農学部卒業後、株式会社むつみ堂勤務　2008年結婚　2010年離婚、むつみ堂退社　千葉県君津《きみつ》市ベリーファーム仁木にて苺生産に従事　現在に至る」

新見が横から覗き込んだ。

「この方も立派な経歴ですね。農業と書いてあったので、最初から除外してしまったのですが」

「むつみ堂の社員だったなんて、初めて知りました」

むつみ堂は日本でも有数の化粧品メーカーだった。後で聞いた話では、食品メーカーと化粧品メーカーは品質管理部門と製造部門に、農学部の卒業生を採用することが多いという。

「取り敢《あ》えず、あちらでお話ししましょう」

恵は新見を促して丸テーブルに移動した。

「どうも、はじめまして」

新見と仁木夫婦は型通りの挨拶《あいさつ》を交わし、名刺とそれぞれの子供の写真を交換した。

「おきれいなお嬢さんですねえ」

「それに弁護士さんなんて。うちの息子なんか、とても……」

仁木夫婦はすでに諦め顔になっていた。恵が新見と話している間に、晶の釣書を読んだのだろう。

「私が晶さんに仁木さんのご子息を紹介したいと思ったのは、直接お目に掛かって、人柄に惚《ほ》れ込んだからなんです。ゴールデンウィークに知り合いの子供を四人連れて苺狩りに行ったんですけど、それは行き届いた配慮のある農園でした」

恵は新見に熱を込めて苺狩りの体験を語った。貴史が独身だと分かると、にわかに晶とお似合いだと閃《ひらめ》いた。

貴史は農場経営の腕があり、より良い苺を作りたいという理想を抱いている。晶は正義感の強い性格で、弁護士の仕事に理想を抱いていた。だから理想を裏切られて、あんなに落ち込んでしまったのだ。

あの二人は相性が良いはずだわ。だって牡牛座と蟹《かに》座だもの。A型とAB型だもの。

いや、違う。恵の中で何かが動き始めたのだ。貴史と晶は結ばれる運命にあると、その何かが囁《ささや》いている。

「私は農業のことは何も分からなくて……。でも、小さなお子さんや車椅子の方が苺狩りを楽しめるのは、素晴らしいことですね」

そう言うと、新見は貴史の写真をじっと見た。その目には明らかに好意が見て取れる。

「ところで仁木さん、ぶしつけなことをお伺いしなくてはなりません。貴史さんは、どうして離婚なさったんですか?」

泰史と雅美は、素早く目と目を見交わした。どちらが説明するか、無言で問答しているように見えた。

しばしの沈黙の後、口を開いたのはやはり女親だった。

「不倫です」

雅美は口惜《くや》しそうに唇《くちびる》を歪《ゆが》めた。

「もちろん、女の方の。……息子は欺《だま》されたようなもんです」

貴史はむつみ堂勤務時代、会社の親睦会《しんぼくかい》で別の部署の女性と知り合い、親しくなった。どちらかといえば貴史の方が熱を上げて結婚した。しかし、女性は職場の上司と不倫関係にあり、結婚後もそれは続いていた。

女性の同僚の密告ですべてが明らかになり、すったもんだの末に二人は離婚した。そして、貴史は会社を辞めて実家の農園を継いだ。

「……災難でしたねえ」

恵が同情を込めて言うと、雅美は当時を思い出したのか、大きく溜息《ためいき》を吐いた。

「まあ、そんなわけで、息子はすっかり女性不信になってしまったんですね。何度か再婚の話も持ち込まれたんですけど、見向きもしないんですよ」

「息子さんの気持ちはよく分かります。信じていた人間に裏切られるほど、ダメージの大きいものはありません」

新見の言葉にも共感が溢《あふ》れていた。

「私らは嫁さんが息子と一緒に農業をやってくれなくてもかまわないんです。私らもまだ元気ですし、忙しくなればパートを雇いますから」

続いて雅美が驚くべき発言をした。

「本人たちが望むなら、別居結婚だってありだと思います」

「私も女房と同じ考えです。別々に住んで嫁さんは仕事を続けて、土・日だけ一緒に暮らすとか。週末婚ですか？　今の時代はそういうことも考えないといけないって、割り切りました」

仁木夫婦は恵も驚くほど進んだ考えの持ち主らしい。いや、むしろ、それほどまでに切羽詰まっているのかも知れない。

恵の想像を裏付けるように、二人は言葉を続けた。

「ただ、私らが年取って死んだ後、息子がどうなるかと思うと、心配でたまらないんです。一人っきりで、ご飯食べながら話す相手もなくて、誰にも看取《みと》られずにあの世に行くことになったら……」

「都会に住んでる人は、家族がなくても不自由しないですよね。仕事が終わったら仲間とつるんで飲みに行ったり、普通に出来ますから。でも、田舎《いなか》じゃ店も少ないし、職場の同僚みたいな人間関係もないです。家族がいないと、寂しいですよ」

仁木夫婦の嘆きは、新見にも他人事《ひとごと》ではなかった。

「私も、仁木さんたちと同じ気持ちです。このままずっと一人でいて、私が死んだら娘はいったい……。娘はもう三十八です。子供を産めるタイムリミットも近づいています。何とか今のうちに、信頼出来る相手に娘を託したい」

恵は考えをまとめ、新見と仁木夫婦の顔を見回した。

「新見さんも仁木さんも、取り敢えずお子さん同士を会わせることには賛成ですね？」

三人は「もちろんです」と同意した。

「もう一度確認ですが、当人同士が納得しているなら、晶さんが東京で弁護士を続けて週末だけ貴史さんと同居するという生活でも、よろしいんですね？」

泰史と雅美は躊躇《ちゅうちょ》せずに頷いた。

「そのことは女房とよく話し合いました。そのくらいしないと農家に嫁の来手はないと、こちらの係の人に言われたんで」

「もう、時代が違うんですね。それでも息子がひとりぼっちで孤独死するより、なんぼかマシです」

恵は新見の考えを訊いた。

「私は、弁護士と農業と、どっちが娘に合っているのか分かりません。ただ、弁護士が上で農業が下だとはまったく思っていません。だからもし弁護士を廃業して農業を選択するというなら、娘の意思を尊重します」

そして、居住まいを正して仁木夫婦に向き直った。

「私は娘が息子さんを気に入るように、それ以上に息子さんが娘を気に入って下さるように、それを祈ります。息子さんにお目に掛かったことはありませんが、お二人のお子さんなら間違いありません。信頼出来る方だと思います。もし、二人が上手くいけば、娘は伴侶だけでなく、父親と母親にも恵まれるわけです。是非、そうなって欲しい」

新見はうっすらと目を潤《うる》ませている。泰史と雅美もつられたように目を瞬かせた。

「話は決まりましたね。それじゃ、善は急げで……」

恵は和装バッグからスマートフォンを取り出した。

「苺狩りが良いです。それなら自然な出会いが演出出来るし」

「なるほど」

新見は腰を浮かしかけたが、仁木夫婦は残念そうに首を振った。

「うちは苺狩りは五月いっぱいなんですよ」

「あ、そうか。残念」

「あのう、やっぱり東京のお店で会うのが良いんじゃないでしょうか。お嬢さんに遠くまで来ていただくのは恐縮です。息子は大学も就職も東京でしたから、土地勘もありますし」

泰史が遠慮がちに提案すると、新見もすぐに賛成した。

「それが良いですね。要するにお見合いですから」

それから親同士で相談して、子供同士の見合いは次の日曜日、六月七日と決まった。最短コースだ。

「あとは、どうか二人が上手くいきますように……」

新見が祈るように呟《つぶや》いた。

恵には上手くいくという予感があったが、その前に一つ確認しておきたいことがあった。

「そう言えば、貴史さんは再婚話に耳を貸さないと仰っていましたね。お見合いと言われて、素直に承知なさいますか」

「そこは親の権限で、首に縄を付けてでも引っ張ってきますよ」

泰史が請《う》け合うと、雅美はニッコリ微笑んだ。

「そんなことしなくても、お嬢さんの写真を見せれば、素直に承知すると思いますよ。息子はあれで、面食《めんく》いなんです」

「あら、ちっとも知らなかった」

丸テーブルを明るい笑い声が囲んだ。

入り口の戸が開き、緑のそよ風のような女性が現れた。明るい緑色のワンピースが、風に乗ってフワリと舞った。

「いらっしゃい。お久しぶり」

「ご無沙汰《ぶさた》。三月以来よね」

六月一日、週初め、いや月初めのお客さんは柴田優菜《しばたゆうな》だった。

「お忙しいのね」

「お陰様で。自転車操業」

優菜はおしぼりで手を拭《ふ》きながら、店内を見回した。

「すっかり夏ね。トマトの冷やしおでん、あるでしょ?」

「もちろん」

「じゃあ、それと、取り敢えずレモンハイ。お通しは……」

今日の大皿料理は、インゲン、枝豆、ナスの揚げ浸《びた》し、卵焼き、ピーマンと豚肉の塩麴《しおこうじ》炒め。

「インゲンちょうだい。それとこれは何? チンジャオロース?」

「塩麴炒め。ネットのレシピ動画で見て、時間が経《た》っても柔らかいっていうから作ってみたの。結構いけますよ」

「じゃあ、単品でもらうわ」

優菜はレモンハイのグラスを受け取り、目の高さに掲げてからガブリと呑んだ。

「く〜っ！　たまらん！」

「ちょっと、オジサンじゃないんだから。折角の美女が台無しよ」

「ママさん、しばらく会わないうちにお世辞が上手くなったじゃない。今日は札びら切っちゃうわよ」

「期待してま〜す」

優菜は店をリニューアルして以来の常連だ。四谷の英会話学校の事務職だったのが、ふとした切っ掛けで始めた着物リフォームがネット通販で人気を呼び、呉服店の主人と組んで、本格的に和の生地を使った洋服と小物を売り出した。今やブランドのデザイナー兼経営者だ。今日着ているワンピースも、自分でデザインしたのだろう。生地はおそらく紬《つむぎ》だが、タイシルクに近い風合いはワンピースに仕立てるのに違和感がなく、ピタリと決まっていた。

そして、呉服店の主人であり共同経営者でもある浅見《あさみ》遙人《はると》とは、今秋に結婚する予定だった。

優菜はレモンハイを半分呑み干し、本日のお勧め料理に目を遣った。

谷中生姜、空豆、夏野菜のバーニャカウダ、カジキマグロのカレー風味ソテー、新じゃがの冷製クリームスープ。

「空豆はこれで最後。旬が短いから」

「じゃあ、いただく。それと……あら、ヴィシソワーズなんて始めたの？」

優菜が冷製クリームスープを指さした。

「挑戦してみたの。夏だから」

「いただき！　夏野菜のバーニャカウダって、量はどれくらい？」

優菜は野菜が大好きで、来店すると必ず野菜料理を注文する。

「加減しますよ。ハーフサイズでもミニサイズでも」

「じゃあ、ハーフサイズで。それと、日本酒」

「今日は飛露喜《ひろき》と澤屋《さわや》まつもとです。澤屋は昆布出汁《こんぶだし》系の料理に抜群に合うから、おでんに合わせた方が良いかも知れない」

「じゃあ、最初は飛露喜。一合ね」

恵は冷蔵庫で冷やしたスープをガラスの器に注ぎ、パセリのみじん切りをパラリと散らした。

たまたま入った銀座の洋風居酒屋で、お通しにスープが出てきて、しゃれていると感心した。それでめぐみ食堂でも試してみることにしたのだが、一番最初のお客さんが優菜なのはラッキーだった。好き嫌いがなく、食べるのが大好きで、しかも新メニューには必ず挑戦する好奇心の持ち主だからだ。優菜のような人に食べてもらうと、料理に運が付くような気がする。

「……美味しい。クリーミー。材料ケチってないのがよく分かる。ちゃんと生クリーム使ってるもんね」

「ありがとう。スープも喜んでるわ」

恵は優菜の前に飛露喜のデカンタとグラスを置き、バーニャカウダソースを客用の容器に取り分け、電子レンジで加熱した。

バーニャカウダは野菜を熱いソースに付けて食べるだけの料理で、謂《い》わばソースが命だ。ニンニク、牛乳、アンチョビをミキサーに掛け、オリーブオイル、生クリームを丁寧に混ぜ合わせ、最後に塩・胡椒《こしょう》で味を調《ととの》える。このソースを付ければ、たいていの野菜が美味しく食べられる。

「まさに東のもろきゅう、西のバーニャカウダよ」

今日はキュウリとパプリカ、ラディッシュ、セロリ、水ナスを用意した。水ナスはアクが少なく、生で食べられる。

「こんばんは」

ガラス戸が開き、現れたのは矢野亮太だった。

優菜がパッと笑顔になった。

「矢野さん、ご無沙汰してます」

「お久しぶり。ご活躍だそうですね」

着物のリフォームを始めたばかりの優菜に、スマホのアプリを使った通信販売のアイデアを教えたのは亮太だった。亮太の母が趣味で作ったキルトをネットで販売した経験があるので、それなら優菜だって……と思ったという。ある意味、亮太は優菜の恩人だった。

「まずはレモンハイ」

亮太は大皿料理を見比べている。

「今日、真帆さんは？」

「彼女は勉強会。遅くなるから食べてくるって」

真帆はもっぱら自宅で研究を続けているが、同じ学会の仲間と情報交換することもある。

「新婚生活、如何《どう》ですか」

「順調ですよ」

「さっき、ママさんから聞きましたけど、今度新しい本を出版されるんですって?」

「来月出ます。まあ、学術書だから『買って下さい』とは言えないけど」

「すごいですねえ。前途有望じゃないですか」

「それが……あんまりそうとも言えないんですよ」

亮太は口ごもった。真帆と一緒にいるときは見せなかった憂慮《ゆうりょ》の色が、表情に兆《きざ》した。

「何かあったんですか」

恵はお通しの皿を置いて訊いた。亮太のチョイスはピーマンと豚肉の塩麴炒めだ。

「何て言うのかな、日本って、学会も家元制度なんだってさ」

「家元制度?」

亮太はレモンハイを一口呑んでから、恵と優菜を交互に見た。

「つまりさ、一つの学会に権威とされる先生が二人いるとする。A先生は〝イロハ〟流、B先生は〝ホヘト〟流の学説を唱えている。するとA先生の弟子は〝イロハ〟流以外の学説を唱えたら破門されちゃうし、B先生の弟子は〝ホヘト〟流以外は破門なわけ。そして、学界全体をA先生一派が独占した場合、〝イロハ〟流以外は全部ダメで、学会を追放されるらしい」

恵も優菜も、驚き呆《あき》れてあんぐり口を開けそうになった。

「彼女、どうやら自分の師匠である教授の学説に、異を唱える研究を発表しちゃったみたい。それで、教授に睨《にら》まれて村八分状態に追い込まれてるんだって。もう大学の常勤ポストは無理かも知れないって言ってた」

「……ひどい！」

「なによ、それ！」

恵と優菜は同時に叫んだ。

「子供のいじめじゃあるまいし！」

「大学教授ともあろう者が、そんなレベルの低いことやってるなんて！」

亮太は二人の憤《いきどお》りを目《ま》の当たりにして、いくらか溜飲《りゅういん》を下げたらしい。もう一度美味しそうにレモンハイを呑む。

「でもさ、よくよく考えたら、彼女の言ってること、当たってるよね。学会に限らず、日本って、どの分野でも家元制度みたいなの、あるじゃない」

優菜が思わず胸に手を当てて考える格好になった。

「話を聞いてたら、松本清張《まつもとせいちょう》の『真贋《しんがん》の森』って小説を思い出しちゃった。あれは日本の古美術の世界が舞台なんだけど、まさに家元制度の世界なのよね。権威とその取り巻きが牛耳《ぎゅうじ》ってて」

恵もふとある記憶が頭をよぎった。あれは確か、占いの師である尾局與《おつぼねあたえ》が生前に……。

與は持って生まれた霊感を武器に占い師として大成功し、政財界の大物を顧客に持つまでになった。だから誰かの弟子になって修業した経験はない。そして女子大生時代の恵と出会い、恵の持つ不思議な力を感じて、占い師として独り立ち出来るように導いてくれた。だから恵は與を師匠だと思っているが、今にして思えば、與は恵を弟子とは思っていなかったようだ。年の離れた同志として扱ってくれた気がする。

しかし、古くからの占いの世界はそうではないらしい。與はいつか言ったことがある。

「私は見たことがないけど、易学《えきがく》のすごい本があって、それを読ませてもらえるようになるまでが大変らしいわ。お師匠さんの家に住み込んで、雑巾《ぞうきん》掛けや庭掃除をして、やっと一人前って認められるんですって。愚《おろ》かしい限りよね」

そうか。占いの世界も実は家元制度だったのか……。

十年以上前に占い師は廃業したが、「レディ・ムーンライト」として二十年近く活動してきたというのに、今までまったく気が付かずにいた。うかつと言えばうかつだが、それでやってこられたのも、ひとえに與のお陰だろう。

「亮太さんの言う通りよね」

やりきれない思いで、恵は小さく溜息を吐いた。

「この前、うちの所長が言ってたんだけど……」

亮太の勤務している会計事務所の所長のことだ。

「所長が子供の頃、胃腸薬のＣＭには必ず『唾液腺《だえきせん》ホルモンを刺激して』っていう宣伝文句が流れたんだって。それがあるときからピタッと消えちゃったんで、変だと思ってたら、大人になって真相が分かったって」

実は唾液腺ホルモンなどというホルモンは存在しなかった。しかし学界の通説だったので、誰も訂正出来なかった。平成になって、やっと取り消されたのだという。

「それ聞いてさ、医者も信用出来なかったら、この世で誰を信じれば良いのかと思ったよ」

「ひどい話ね」

と、飛露喜のグラスを傾けていた優菜が、突然サッと亮太に顔を向けた。

「ねえ、矢野さん」

亮太もジョッキを置いて優菜の方を見た。

「釈迦《しゃか》に説法かも知れないけど、真帆さん、ネットでも学説を発表したらどうかしら？」

「ネットで？」

「土方万作《ひじかたまんさく》って学者がいるでしょ？　ワイドショーでコメンテーターもやってる……。この前、お客さんから聞いたんだけど」

土方万作は社会学者で、二年前に新書で出した本が異例のベストセラーになった。実は土方もポスドクで、大学院の研究室に籍を置きながら優れた論文をいくつも書いたが、大学で常勤ポストを得られずにいた。三年前、自分の論文をネットで公開したところ、ある出版社から声がかかり、分かりにくい事象の分かり易《やす》い解説を新書で出版し、ヒットに結びついたのだった。今では学者というより「文化人タレント」に近い。

「それ、真帆さんにも当てはまると思う。狭い学会でテッペン取るより、ネットで注目されたり、ベストセラー書いた方が勝ちよ。そう思わない？」

問いかけられて、恵は力を込めて頷いた。

「思う、思う！　絶対にその方が勝ち！」

「そう上手くいくとは思えないけど……」

亮太はわずかに首を傾《かし》げた。

「でも、このまま学会で干されるくらいなら、それも一つの手だと思う。自分の説を広く世に問うことは、彼女にとっても決して悪くない」

亮太の顔に兆していた憂鬱《ゆううつ》の影は、やや拭《ぬぐ》われたように見えた。

「彼女に話してみるよ」

亮太は優菜にペコリと頭を下げた。

「ありがとう、優菜さん」

優菜は照れたように両手を振った。

「とんでもない。上手くいくと良いんだけど」

「きっと上手くいきますよ」

そのとき、恵は見た。亮太にも優菜にも、頭の後ろに温かなオレンジ色の光が灯っている。それは二人が伴侶と育《はぐく》んでいる愛の色だ。

二組のカップルの未来が、輝かしいものになりますように。

恵は心の中でそっと唱えた。

四皿目

ゴーヤサラダは恋の味

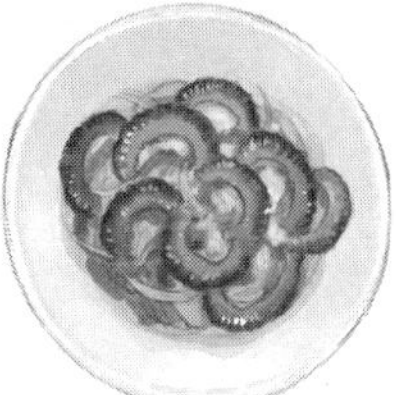

ここ数年、日本は外国人観光客が急増したと聞いていたが、めぐみ食堂のような東京の片隅の小さな店にも、その余波が届き始めた。しんみち通りを歩く外国人の姿が増え、一日に一度は観光客らしき外国人が、通りすがりに店を覗《のぞ》いてゆく。

そのうち、お客さんになってくれる外国人も現れるかも知れない。そんなとき、身振り手振りでは限界がある。どんなにつたなくても、英語で料理の説明くらい出来なくてはまずいだろう。

恵《めぐみ》は英語でおでんを何と表現するのか、スマートフォンで検索してみた。一番簡単なのは「ジャパニーズホットポット」で、ホットポットは鍋料理のことだ。

「大根イズ、ラディッシュ。コンニャクイズ、コンジャク。あるいはデビルズタン。さつま揚げはディープフライドボール・オブ・フィッシュペースト……長いなあ。ちくわ・はんぺん・かまぼこはフィッシュケイク、またはフィッシュソーセージか。じゃあ、さつま揚げもフライドフィッシュケイクで良いじゃん」

スマートフォン片手にブツブツ独り言を呟《つぶや》いているのに気が付いて、おかしくなった。

七月に入って、おでん鍋には新しい具材が仲間入りした。冬瓜《とうがん》だ。癖のない淡泊《たんぱく》な味の野菜で、吸い物や煮物料理によく使われるくらいだから、おでんの汁で煮ても美味《おい》しい。

冬瓜も白い野菜なので、大根といくらか重なるのが残念だ。大根の旬は冬だから、夏は冬瓜と交替させようかと思ったが、やはりおでんから大根を外すことは出来ない。

ゴーヤも店頭に並ぶようになった。

今日は今年初のゴーヤを買って、ゴーヤとツナのサラダを作った。薄切りしたゴーヤを一分間塩茹《しおゆ》でして水気を搾《しぼ》り、ツナと薄くスライスした玉ネギを混ぜてマヨネーズで味付けした一品で、ゴーヤチャンプルーより簡単なのが気に入った。大皿料理にピッタリだ。ネットのレシピには「ゴーヤの苦手《にがて》な人も大丈夫」と書いてあった。

最近のゴーヤは苦みが薄くなったと思う。東京でも売られるようになった当初は「苦瓜《にがうり》」と呼ばれるだけに、もっと苦みが強烈だった印象がある。

「そう言えばピーマンも苦くなくなったよね。トマトは甘くなったし……」

また独り言を言ってしまったので、恵は苦笑した。このまま年を取ったら、子供の頃奇怪に思った、「一人でブツブツ言ってる老人」になるだろう。

「こんにちは」

ガラス戸が開き、入ってきたのは浦辺佐那子《うらべさなこ》だった。

「いらっしゃいませ。毎日お暑いですね」

「ホントよ。最近の日本の夏は亜熱帯並だわ」

目の前の席に座った佐那子に、恵は冷たいおしぼりを差し出した。

「地球温暖化のせいなんですかねえ」

「ええと、生ビール下さいな。一番小さいグラスで」

佐那子は手を拭《ふ》きながら大皿料理を眺《なが》めた。本日の五品はインゲン、ゴーヤとツナのサラダ、パプリカのマリネ、卵焼き、ピーマンと豚肉の塩麹炒《しおこうじいた》め。

「お通しはパプリカにしようかしら。色鮮やかで夏らしいわ」

佐那子はビールを一口呑《の》んで、ホウッと息を漏《も》らした。

「今月からおでんに冬瓜が入りました」

「おでんに冬瓜？　珍しいわね」

「よく合いますよ。今の時期は大根よりお勧めしたい気持ち」

「それじゃ、是非いただくわ。それから、今日のお勧めは……」

佐那子は壁の黒板に目を走らせた。

スズキ（刺身またはカルパッチョ）、トウモロコシ、トマトのファルシー、ズッキーニのチーズ焼き、カジキマグロのステーキ。

「スズキをいただこうかしら……カルパッチョで」

「かしこまりました」

スズキの刺身を皿に並べてオリーブオイルを回しかけ、塩・胡椒《こしょう》してから青柚《あおゆ》子《ず》の皮を下ろし、振りかける。ほんのり青柚子が香って爽《さわ》やかな夏の気配が漂う。

「お酒は何かしら？」

「今日は王祿《おうろく》と磯自慢《いそじまん》を用意してます。どちらもスズキとの相性は抜群ですよ」

「それじゃ、王祿にしようかしら。まだ呑んだことがないから」

恵は嬉しくなって微笑《ほほえ》んだ。

「何かで読んだんですけど、日本女性は食べ物の好奇心が旺盛《おうせい》で素晴らしいって、フランス人が褒《ほ》めてました。保守的にならないで、食べたことがない料理に挑戦するって」

「どなたか知らないけど、褒め上手ね。だからフランス人はモテるんだわ」

佐那子も嬉しそうな顔で王祿をグラスに注いだ。

「そう言えば新見《にいみ》さんのお嬢さん、お見合いどうなったの？」

「順調です」

新見晶《あきら》と仁木貴史《にきたかし》は六月七日に見合いをした。初回はホテルのティールームで、それぞれの親も同席して顔合わせを済ませ、その後二人だけで食事に出掛けた。

「それから毎週日曜日にデートしてるそうです」

「上手《うま》くいきそう?」

「毎週会ってるくらいだから、お互い嫌いじゃないはずです。それに、新見さんは仁木さんをすっかり気に入ってるんです。誠実で思いやりがある、これなら安心して娘の将来を託せるって」

「それは随分と買ってるのね。一度会っただけなのに」

「お互いに相性が良かったんですよ、きっと」

恵自身、貴史には一度しか会っていないが、信頼出来る人柄だと確信している。占い師としてより、おでん屋の女将《おかみ》としての経験が教えてくれるのだ。

「早ければ来月にもプロポーズがあるかも知れません」

「そうでしょうね。結婚する気があるなら、三ヶ月以内には大体プロポーズするものよ」

佐那子の言葉は自信に満ちていた。きっと若い頃、大勢の男性からプロポーズされた経験に裏打ちされているのだろう。

「ただ、仁木さんって、紳士的なんです。だから遠慮してなかなか言い出せないかも……」

佐那子は口元に手を当てて、「おほほ」と笑った。

「紳士だって、やるときはやりますよ。愛する女性にプロポーズするのをためらうなんて、男らしくないわ」

「そうですよねえ」

貴史には積極的に出てもらわないと困る。恵の見るところ、晶はまだ結婚を我が事として考えていない。今まで結婚を想定して生きてこなかったので、突然目の前に見合い相手が現れても、結婚への道筋が見えてこない。たとえ相手に好意を抱いたとしても、自分から一歩を踏み出す勇気が出ないのだ。

「こんばんは」

新しく入ってきたのは浄治《じょうち》大学教授の新見圭介《けいすけ》だった。

「あら、お噂《うわさ》してましたのよ」

佐那子は「どうぞ」と隣の席を手で指した。新見は「どうも」と会釈《えしゃく》して腰を下ろした。

「お嬢さん、お見合い、順調だそうで、おめでとうございます」

「ありがとうございます。その節は浦辺さんにもお世話になりました」

だが礼を言った後、新見は顔を曇らせた。

「皮肉なもんです。折角上手くいきかけたのに、邪魔が入ってしまって」

「あら、恋敵《こいがたき》でも現れましたか」

新見は恵の差し出したおしぼりを受け取って、首を振った。

「仕事ですよ」

恵と佐那子は、意味が分からずに新見の顔を見返した。

「実は新しく入った案件で、先輩弁護士が娘を助手に起用してくれたんです。初めてやり甲斐《がい》のある仕事を任されたので大張り切りで、一昨日《おととい》のデートの予定をキャンセルしてしまったんです」

新見の顔に落胆が表れた。

「詳しいことは知りませんが、今年の初め、若い女性が自殺したそうです。両親はパワハラ自殺だと主張して、会社を訴えると聞きました。娘は人の生死に関わるような重大な訴訟を扱った経験がないので、もう無我夢中ですよ」

「……大変なお仕事ですね」

「確かに、真剣に取り組まないといけない仕事だと思います。しかも亡くなったのは浄治大の卒業生だそうですから、私にも満更他人事《ひとごと》ではありません。しかし、まことに不謹慎《ふきんしん》ではありますが、二人が接近するチャンスに水を差されたような気がするんです。これで貴史くんの熱が冷めてしまったら、折角の話が壊れてしまう……」

新見は一度言葉を切り、生ビールの小を注文した。

「お通しは何がよろしいですか。お嫌いでなければゴーヤがお勧めですけど」

「……インゲン下さい」

日本の中高年男性は馴染《なじ》みのない味が苦手だ。だからゴーヤとパクチーを敬遠する人が多い。

「でも、晶さんが今、大きな事件を抱えていることは、仁木さんもご存じなんでしょう？」

「一応、説明はしていると思います」

「それなら、大丈夫じゃないですか？　仁木さんは話の分からない人じゃないし、短気でもない。待っててくれると思いますよ」

「その代わり、連絡は密にしないとね。デートをキャンセルされて、男性はプライドが傷ついたかも知れないわ。昔なら電話。今はメールかしら」

佐那子がさらりと言った。

「男の心をつなぎ止めようと思ったら、ご機嫌を取ることも大事ですよ。あなたより仕事が大事なわけじゃない。どっちも大事だけど、今はどうしてもチャレンジしたい仕事がある。一段落したら必ず、埋め合わせするから……とか何とか」

新見は目に感嘆の色を浮かべ、佐那子を見た。

「そうですね。確かに、その通りです。帰ったらよく娘に言っておきます」

佐那子は美しいだけでなく、手練手管《てれんてくだ》も心得ているのだと、恵もすっかり感心した。

「ええと、今日のお勧め……スズキの刺身とトウモロコシを下さい。トウモロコシは焼き、蒸し?」

「蒸しです。よろしかったらちょっと炙《あぶ》りましょうか」

「お願いします。醤油《しょうゆ》をちょっと塗って……。僕は縁日《えんにち》の焼きトウモロコシが好きでねえ」

佐那子のアドバイスのお陰で心配から解放されたのか、新見はすっかり元気を取り戻した。

「そう言えば、浦辺さんこそ、婚活の進展具合はいかがです？」

佐那子は楽しそうな笑みを浮かべた。

「実はね、一昨日、面白い婚活に参加しましたのよ」

一拍間《ま》を置き、演出効果を確かめてから再び口を開いた。

「終活&婚活パーティー」

恵と新見は、同時に「はあ？」と間の抜けた声を上げた。

「みんなで色々なタイプのお墓の見学をしながら、婚活もするの。楽しかったわ」

しかし、いきなりお墓が出てくるのが腑《ふ》に落ちなかった。

「この年になるとね、婚活はそのまま終活でもあるのよ」

恵の気持ちを見透かしたように、佐那子は穏やかに語った。

「二度目の主人は再婚だったの。だからあちらのお墓には前の奥さんもいらっしゃるし、あちらの子供達も私が入るのは歓迎しないと思うわ。お父さんの奥さんではあっても、母親ではないから。実家はもう甥《おい》の代になっているから、やっぱり私が入れてもらうのは遠慮があって。それで、自分が死んだ後どうするか、考えていたところだったの。最近流行の散骨も考えたんだけど、娘たちが『お参り出来る場所がないと寂しい』って言うものだから」

佐那子は最初の結婚で、娘を二人もうけたという。

「二人ともう結婚しているから、お墓は継いでもらえない。だから大きな墓地は要《い》らないし、遠くの墓地もダメ。都心から離れているとお墓参りに行くのが大変でしょ」

日曜日の「終活&婚活」会では、都内にある様々なタイプの墓所を見て回ったという。

「一口にお墓と言っても色々あるのねえ。お寺の管理する墓地、霊園、納骨堂形式……。一人用のお墓もあるのよ」

佐那子の口調は、お墓について語っているのにあくまで明るかった。

「どこか、お気に召した所はありましたか」

「一昨日見た限りでは、納骨堂形式が一番しっくりきました」

納骨堂と言われて、恵は遺骨を入れた骨箱が棚の上にずらりと並んでいる風景を思い浮かべた。

「これも驚いたけど、納骨堂形式も色々あるのよ。基本的には建物の中に遺骨を収納するんだけど」

大きく分けてロッカー式、仏壇式、自動搬送式があるという。ロッカー式は文字通りロッカーの中に遺骨を収納する形式、仏壇式は遺骨を納めた仏壇がずらりと並んだ形式、自動搬送式は立体駐車場のように、一箇所に収納した遺骨がお参りする場所に運ばれてくる形式である。

「私は自動搬送式が気に入ったわ。立地が良いの。都心の駅の近くでお参りしやすいし、一人しかいないのに大きな仏壇を占領するのも、何となく大袈裟《おおげさ》だし」

佐那子の話に聞き入っている間に、トースターに入れた新見のトウモロコシから煙が出ていた。恵はあわてて蓋《ふた》を開け、皿に移した。醬油の焦《こ》げる香ばしい匂《にお》いが店内に流れた。

「私、お話が胸に沁《し》みました。考えてみれば、私も似たような立場なんです。独り者で、子供もいないし。でも、お墓のことなんて、今まで一度も考えたことありませんでした」

「まだお若いんですもの。当然ですよ」

佐那子は優しく微笑んだ。

「そんなことありません。人生五十年時代だったら死んでますから」

新見が遠くを見る目になった。

「浦辺さんのお話を伺っていたら、元の同僚のことを思い出しました。彼は去年、墓終《はかじま》いをしたそうです」

　恵の初めて聞く言葉だった。

「墓終いって何ですか」

「お墓を根こそぎ撤収するらしいです。彼は大分の出身で、一人っ子だそうです。ご両親は故郷のお墓に眠っているのですが、生活の基盤が東京にあるので、この先墓を守っていけない。それで近くの霊園に自分たちの墓を買って、ご両親と先祖のお骨もそちらに移したそうです」

　佐那子が同情のこもった声で尋ねた。

「それは大変だったでしょう。お寺さんとはトラブルになりませんでしたか」

「それは、すごかったそうです。先祖代々の墓を移すとは何事か、親不孝にもほどがある、と。仏罰《ぶつばつ》が下るとまで言われたそうです」

「あら、まあ」

「彼も頭にきて、裁判に訴えようかとも思ったそうですが、やはり寺とは穏便《おんびん》に縁を切りたいので、撤収費用の他にお布施《ふせ》としていくらか包んだと言ってました」

　恵は他人事ながら憤《いきどお》りを感じた。

「ひどいわ。仏に仕える人とは思えません」

「まったくです。気の毒としか言えませんよ」

「そうやって墓終いをなさるというのは、良心的な方なんですよ。ご先祖の墓を見捨てて、無縁墓にしてしまう人だっているんです。どこでしたか、お墓の六割が無縁墓になってしまった地方都市もあるそうですよ」

新見は頷《うなず》いて佐那子のデカンタに目を留め、恵を見上げた。

「ええと、日本酒は？」

「王祿と磯自慢をご用意してます。佐那子さんが今召し上がっているのは王祿です」

「じゃあ、僕も王祿にしよう」

「一合で？」

「そうだな。取り敢《あ》えず」

恵は新見に王祿を出してから佐那子に尋ねた。

「おでん、何にいたしましょう？」

「まずはお勧めの冬瓜ね。あとは昆布《こんぶ》、コンニャク、はんぺん、がんもどき、さつま揚げ」

「ウィンター・メロン、ケルプ、デビルズタン、フィッシュケイク、フライドトウフ、フライドフィッシュケイク、サンキュー！」
新見が声を立てて笑った。

「急に、どうしたんですか」

「ほら、最近は外国のお客さんが増えてるでしょう？　うちでもおでんの説明くらい、英語で出来ないとマズいと思って」

新見と佐那子は一瞬目を見交わした。二人とも「この店はそんな心配しなくても良いのに」と言いたげな顔だ。

「ま、私も取り越し苦労だとは思いますけどね。新宿のゴールデン街にもインバウンドで外国の方が押しかける時代だから、一応準備だけはしとこうと思いまして」

「そう言えばそうね。今はどこへ行っても普通に外国人観光客が歩いてるし」

「僕が子供の頃は、銀座辺りに行かないと外国の人は見かけなかったのに、変わったなあ」

王禄のグラスを干した新見が、恵の方を見た。

「僕もおでん下さい。さっき、冬瓜と言いましたか？」

「はい。おでんにはあまり使いませんけど、美味しいですよ」

「冬瓜も好物なんですよ。あとは牛スジと葱鮪《ねぎま》。それと……つみれ」

恵はおでんを皿に盛りながら、つみれの英語はフィッシュボウルだったっけと頭の中で反芻《はんすう》した。

その日は盛況で、店仕舞いまでにカウンターは三回転した。ここまで千客万来は珍しい。

恵は閉店を十時過ぎまで延長し、フル稼働で接客に努めた。

暖簾《のれん》をしまおうと表に出ると、道の向こうに真行寺《しんぎょうじ》巧《たくみ》の姿があった。

「こんばんは」

続いて「こんな時間にどうしたんですか」と訊《き》こうとしてやめた。用事がないのにしんみち通りまで来るはずがない。

「今日は珍しいな。いつも早仕舞いなのに」

「たまにはこんな日もありますよ。どうぞ」

恵は真行寺を店に招《しょう》じ入れた。

「おでん、召し上がります?」

残りわずかだが、味の染《し》みた大根とコンニャクは残っている。

「いや、結構。すぐに失礼する」

真行寺はカウンターに腰を下ろして脚を組んだ。ビールを出そうとしたが、手を振って断った。

「実はややこしい仕事が立て込んで、今月は大輝《だいき》と面会出来そうもない。一度、会いに行ってくれないか」

「お安い御用ですよ」

恵は素早くスケジュールを考えた。夏休み前に遊びに連れて行くとしたら十二日か十九日の日曜日しかない。出来れば、一緒に苺《いちご》狩りに行った三人の子供達も連れて行ってやりたい。

「謝礼に、また牛タンを差し入れる」

「あのときはご馳走《ちそう》さまでした。お陰様で、お客さまにも大好評でしたよ」

好評すぎて困ったことになった。「また作って」とリクエストされても、もうあんな高級な牛タンは手が出せない。無理して仕入れたら、たちまち赤字になってしまう。

「今度は時間があったら食べに来て下さいよ。送り主に一口も食べさせないのは気がとがめるし」

「フン」と鼻で笑うかと思ったら、真行寺は黙って頷いた。いつも横柄《おうへい》で皮肉っぽいのに、今日はやけに素直だ。

気持ちワル……。

恵は真行寺の顔を見直して、ふと違和感を覚えた。わずかに影が差している。

「あのう、前に仰《おつしや》っていた、愛正園《あいせいえん》のお子さんたちに農業実習させる話、どうなりました？」

わざと明るい声を出した。自分の思い違いだと言い聞かせた。真行寺はまれに見る強運の持ち主なのだから。

「園の方からベリーファーム仁木に話を通しているはずだ。断られたとは聞いていない。夏休みに入ったら実現すると思う」

「そうですか。良かった」

貴史ならきっと、子供達に良い影響を与えてくれるだろう。農業に興味を持つ子供が現れるかも知れない。

「そう言えば、ベリーファーム仁木の若主人、現在婚活中なんですよ」

真行寺はサングラスの縁《ふち》から片方の眉《まゆ》を吊《つ》り上げた。

「お相手は大学教授の令嬢で、弁護士さん。おまけに美人ですよ」

「そりゃ羨《うらや》ましい」

少しも羨ましそうに聞こえなかった。多分人生の選択肢から「結婚」が欠落しているせいだろう。これまで一度も結婚していない事実が、その人生観を物語っていた。

「二人の仲を取り持ったのは、この私です」

恵は幾分誇張《こちょう》を交え、新見と一緒に代理婚活に臨んだ経緯を話した。真行寺は小さく笑みを漏らした。

「お前も人の世話ばかり焼いてないで、婚活したらどうだ？　また客がみんな結婚して、置いてけぼり喰《く》らうぞ」

「不吉なことを言わないで下さい。そうなりそうな予感がしてるんだから」

真行寺を見ると、先ほどより影が薄くなっているようだ。

「でも、そうなってくれたら嬉しいな。佐那子さんもまいさんも新見さんも、良縁に恵まれますように」

恵は思い切って訊いてみた。

「何かあったんですか」

真行寺は外国人のように両肩をすくめて見せた。

「当たり前だ。何もない人生はあり得ない」

「トラブルに巻き込まれたんじゃありませんか」

「珍しくもない。この仕事はトラブルと隣り合わせだ」

「はぐらかさないで下さい。深刻な事態が顔に出てます」

真行寺は鼻で「フン」と笑った。

「占い師の目はごまかせないか」

「元、です」

真行寺は椅子《いす》を降り、席を立った。

「確かに、厄介《やっかい》なことになった。俺はその件についてまったく責任がないとは言わないが、全面的に非があると言われる筋合いもない。というわけで、その件は法廷に持ち込まれた」

恵は真行寺の言葉を頭の中で咀嚼《そしゃく》した。

「つまり、身に覚えのないことで訴えられて、裁判になるんですね？」

「まあな」

真行寺はサングラスの奥から恵を見つめた。

「俺は別に心配していないが、大輝のことが気になる。会社の名前がマスコミに出たら、大輝はショックを受けるかも知れない。そうなったら頼む。大輝が心に傷を負わないように、気遣ってやってくれ。大輝はもう充分に悲しい思いをした」

いつもの真行寺とは違って、その言葉には優しい心情が溢《あふ》れていた。

「分かりました。大丈夫です」

恵はきっぱりと答えた。

「それで、真行寺さん、何で訴えられたんですか」

「明日の朝刊に出ている」

そう言うなり踵《きびす》を返し、後も見ずに店を出て行った。

恵は不安を抱えたまま、家に帰ることになった。


翌朝、恵は目を覚ますとすぐ郵便受けから新聞を取り、部屋に戻って社会面を開いた。

「女性社員　パワハラで自殺」

若い女性の顔写真と見出しが目に飛び込んできた。続くリードには「大手貸しビル業者〝丸真《まるしん》トラスト〟の営業社員和田《わだ》ひなのさん（24）の自殺の原因は、パワハラか？」とあった。

記事によれば、和田ひなのは今年の一月に丸真トラストが所有するビルの屋上から飛び降り自殺した。遺された日記には仕事で追い詰められた心境が綴《つづ》られていた。両親は会社を相手取り、謝罪と賠償を求めて裁判所に訴状を提出した。

丸真トラスト側のコメントは、「まだ訴状を見ていないので会社としてはコメントを差し控える」という、よくある紋切《もんき》り型だった。

恵は新聞から顔を上げた。新見が語った、現在晶が取り組んでいる訴訟が頭をよぎった。

今年の初め……若い女性が自殺……パワハラ……両親が会社を訴え……。

一連のワードが繋《つな》がると、全体像が現れた。真行寺の会社を訴えている側の弁護士が、晶なのだ。

「ウソでしょ……⁉」

声に出して呟いていた。放り出した新聞に目を落とすと、ジワジワと悪い予感が広がった。

今の時代、社員がパワハラで自殺したら、その会社への世間の風当たりは厳しい。社内体制の不備を厳しく追及され、批判にさらされるだろう。社長である真行寺は経営責任を追及されるはずだ。

丸真トラストには優秀な弁護士が付いているはずだから、裁判そのものは有利に運ぶかも知れない。しかし、社員から自殺者を出した以上、イメージの悪化は避けられない。

まあ、あの人は元々イメージが悪いから気にしないだろうけど、社員の人たちは気の毒よね。

恵は新聞をたたみ直して考えた。

胸にモヤモヤするこの悪い予感は、何を示しているのだろう？　真行寺に災難が降りかかっているのは分かる。ただ、晶にとっても良くない気がする。婚活に協力した女性と恩ある人が、敵対関係になって欲しくないと思う。心が痛む。だけど、それだけじゃない。何か別のものが引っかかっている。

目を閉じて精神を集中し、じっと待ち続けた。しかし、何も見えてこなかった。

恵は諦めて目を開け、立ち上がった。

中央区の京橋《きょうばし》二丁目は、東京メトロ京橋駅と都営地下鉄宝町《たからちょう》駅に挟まれた一帯で、周囲はオフィスビルが建ち並んでいる。新見晶の勤務する鍋島《なべしま》法律事務所は、その中にある、あまり新しくないビルの三階の一角を占めていた。

「ごめん下さい」

廊下で声をかけて金属製のドアの取っ手を握ると、きしるような音を立てて開いた。

フロアは奥が衝立《ついたて》で仕切られていた。手前のスペースには事務机が八台向かい合わせに並び、壁は書類キャビネットでふさがれていた。机に向かっていたのは男女三人だけで、一斉に顔を上げ、恵の方を振り向いた。

「こんにちは。ちょっと待ってて下さい」

一番手前の机に座っていた晶が腰を浮かせた。

「すみません。お昼行ってきます」

ホルダーに挟んだ書類を鞄《かばん》に詰めて立ち上がり、頭を下げた。

恵がこの時間に訪れることは、午前中に電話してある。「ちょっとお話があるので、お昼でも食べながら」というのは口実で、本当は情報が欲しかった。

事務所から二百メートルほど先に、うどんの名店美々卯《みみう》があったので、ランチを予約しておいた。

「お昼のうどんすきコースを予約したの。暑い盛りに、迷惑だった?」

晶はあわてて首を振った。

「いいえ、とんでもない。いつもはコンビニのおにぎりか、カップ麺《めん》で済ませてるんで、ありがたいです」

それから腕時計を見て、恐縮した態《てい》で付け加えた。

「申し訳ないんですけど、私、一時五分前に事務所に戻らないと……」

「大丈夫。十分前にはお店を出ますから」

恵は不審に思われない程度に、晶の様子を念入りに観察した。

新見は「初めて、やり甲斐のある仕事を任されて張り切っている」と言っていたが、その通りらしい。目の輝きが違う。忙しさで疲れも見えるが、気が張っているので生気を保っている。やつれた感じがしない。

「あのう？」

さすがに晶が不審な顔をしたので、恵はあわてて取り繕《つくろ》った。

「ごめんなさい、ジロジロ見て。お父さまから『仕事が忙しくて休みもろくに取れない。過労死でもしたら大変だ』と伺って、心配だったの。でも、お元気そうで良かった」

晶はバカにしたように、鼻にシワを寄せた。

「父は心配性なんです。私は別に無理矢理働かされているわけじゃなくて、自分でやり甲斐のある仕事だと思って働いてるんです」

そこへ、コースの前菜三種が運ばれてきた。

「まあ、とにかくいただきましょう」

恵は箸《はし》を取るように勧め、自分から料理をつまんだ。

「何でも、とても大きな事件を扱ってらっしゃるとか」

晶は箸を持ったまま、誇らしげに頷いた。

「若い女性がパワハラで自殺した案件です。ひどいんですよ。貸しビル会社の営業職で、新人だったんですけど、問題のあるテナントを続けて入れてしまったんです。どうも、反社会勢力の経営する店だったらしいんですが。それで上司はものすごく怒って、お前の責任だから契約解消して来いって言われて……若い女の子が一人で反社会勢力相手に交渉なんか、出来るわけないじゃないですか。完全、パワハラですよ」

晶は一気に話すと、前菜の残りを平らげた。ミニサラダに箸を付けたところで仲《なか》居《い》がやってきて、うどんすきの支度《したく》を始めた。

これから汁が煮立つまで、少し時間がある。恵は頭の中で考えを巡らせた。

「その事件、今朝の新聞に出ていたでしょう?」

晶はサラダを食べながら頷いた。

「写真も出てたわ。チャーミングな人ね」

「それに、まだ二十四歳だったんですよ」

「どうして自殺なんかしたのかしら？」

口に出してから、恵はふと気が付いた。そうだ、あの女性はどうして自殺なんかしたのだろう？

「大学出たばかりなんでしょ。仕事が上手くいかないくらいで、死ぬことないと思うけど。そんなひどい会社辞めて、もっとましな会社を探せば良かったのに」

「毎日怒鳴《どな》られて、精神的に追い詰められて、正常な判断力を失ったんだと思います。一時的に鬱《うつ》状態になることも多いんですよ。パワハラで自殺に追い込まれた方は、ほとんどそういうケースです」

晶は自信たっぷりに答えた。

「つかぬ事を伺うけど、その事件、どういう経緯でお宅の事務所に依頼が来たのかしら？」

「亡くなった和田ひなのさんのお父さんが、うちの所長の友人なんです。大学が同期で」

二人は共に六十歳だという。ひなのの父は会社員で、今年定年を迎えたのだが……。

「娘さんを喪《うしな》ったショックで体調を崩して、長期入院したんだそうです。それで、決まっていた再就職もダメになって……。結局、ひどい会社のせいで何もかも失ったってことですよね。その分、恨《うら》みも大きいんです」

晶は気の毒そうに付け加えた。

「それと彼女、四月から父が教えてる大学の卒業生なんです」

確か新見も、被害者は浄治大の卒業生だと言っていた。

「ええ。だから、何かの縁があったのかと思って」

湯気の立つ鍋に色とりどりの具材を入れながら、恵は尋ねた。

「彼女、恋人はいなかったのかしら?」

「同級生の話では、学生時代に付き合っていた人はいたけど、別れたそうです。就職してからは仕事一筋で、一生懸命だったって」

「お気の毒に。もし恋人がいたら、自殺まで考えなかったかも知れないのに」

恵は菜箸《さいばし》を置き、具材に火が通るのを待った。

「そう言えば、貴史さんとはその後、如何《どう》ですか」

晶の頰《ほお》にうっすらと赤みが差した。それは湯気に当たったからではないようだ。

「あれから何度かお会いしました。優しくて良い方だと思います」

当たり障《さわ》りのない表現だが、貴史に好意を抱いているのは確からしい。頭の後ろの方に、あるかなきかの光が灯《とも》っている。

「でも、お仕事がお忙しくて、日曜日の予定をキャンセルなさったとか」

「また父が言ったんですね。本当に、お節介《せっかい》なんだから」

晶はうんざりした口調で言うと、鍋から野菜と肉を小鉢に取った。

「でも貴史さんにはキチンと説明して、理解していただきました。上手くいくと良いねって、応援してくれましたよ」

「これからもずっとお忙しいの？」

「訴状はもう提出したんで、これまでほどじゃありません。今度の日曜は会う約束なんです」

「それは良かったわ」

何故《なぜ》かその瞬間、ビニールハウスで苺に囲まれた晶と貴史の姿が目に浮かんだ。

「晶さんは、ベリーファーム仁木に行ったことはある？」

「いいえ、まだ。一度行ってみたいと思ってますが」

「それじゃ、ちょうど良いわ」

恵は声を弾ませた。

「実は、夏休みに仁木さんの苺農園で、児童養護施設の子供達に、農作業の実習を体験させることになってるんだけど、良い機会だから一緒に行かない？」

愛正園の大友《おおとも》まいに連絡して、農業実習は七月十九日の日曜日と確認してある。

「以前、貴史さんもそんな話をしていました。農業に興味を持ってくれる子供が増えれば嬉しいって」

「晶さんは苺狩りに行ったこと、あります？」

「それがまったくなくて。フルーツ狩りはしたことないです」

「残念ね。せっかく苺農園のご主人と知り合ったのに……」

貴史と結婚したら、もう苺狩りには行けないだろう。自分の家が苺農園になるのだから。

デザートを食べ終わると、ちょうど一時十分前だった。

「晶さん、もう時間だから、戻った方が良いわ」

「すみません。今日は本当にご馳走さまでした」

晶は席を立って頭を下げ、小走りに店を出て行った。

その後ろ姿を眺めながら、恵は若くして死を選んだ女性のことを考えていた。

その日、店を開けるとすぐ大友まいが来店した。

「いらっしゃい」

明るい声で挨拶《あいさつ》したものの、内心は少し決まりが悪かった。ランチに出掛けていたので、今日のめぐみ食堂の料理は手抜きが主になってしまった。お客さんに恥ずかしい。

「ええと、レモンハイにするわ。もう、暑くて」

まいは冷たいおしぼりで、そっと首筋を拭《ぬぐ》った。

大皿料理は枝豆、インゲン、卵焼き、ナスとピーマンの味噌《みそ》炒め、ゴーヤとツナのサラダ。枝豆とインゲンは茹でただけだ。

「ゴーヤとツナのサラダ下さい」

まいはレモンハイをゴクリと一口呑んで、ホッと息を吐《つ》いた。

「夏はゴーヤが良いのよね。夏バテ防止になりそう」

「お好きですか」

「馴染んだって感じかしら。私の若い頃は東京じゃあんまり見かけなかったけど、今はコンビニでゴーヤチャンプルーを売ってるものねえ」

まいは思い出しながら続けた。

「青梗菜《ちんげんさい》もブロッコリーも、今じゃ普通に売ってるけど、私が子供の頃は八百屋《やおや》さんに置いてなかったのよ」

「私もスーパーの野菜売り場に行くと、西洋野菜のコーナーで考え込んだりしますよ。ロマネスコとかアンディーブとか、使ったこともないし」

「白アスパラが缶詰だったなんて、知らないでしょう?」

「いくらか記憶に残ってます」

それを聞いたまいは楽しそうに笑い、本日のお勧めメニューを見上げた。

夏野菜のバーニャカウダ、トマトのファルシー、ナスのグラタン、カジキマグロのステーキ(ガーリックソースまたはトマトソース)。

築地《つきじ》場外に買い出しに行かなかったので、刺身はメニューにない。指摘されたら謝るだけだ。

「トマトのファルシーにするわ。あとはおでんね」

まいはゴーヤを口に運んで、満足そうに頷いた。

「まいさん、その後、婚活どうなっていますか?」

「う〜ん、一進一退ってとこかしら」

まいは元々、積極的に婚活に乗り出したわけではない。恵のお節介と浦辺佐那子の誘いに引っ張られたような形だ。

「あまり気が進まないですか」

「正直、最初はあまりね。でも、何度か集まりに参加するうちに、少し気が変わってきたわ」

まいはレモンハイのグラスから目を上げた。

「婚活の集まりに行くと、男女とも私より年上の方が多いのよ。でも、皆さん積極的にパートナーを探そうとしているの。それを見て気が付いたわ。私もこの先何十年も生きるって」

「そうですよ。日本女性の平均寿命は九十歳近いし、人生百年時代も近づいてるんですから」

「雑誌やテレビでそういう情報はたくさん入ってくるけど、今までは実感が湧《わ》かなくて、他人事みたいな気がしてたわ。主人が亡くなって、ミーコもいなくなって、家を処分して引っ越ししたら、何だか人生終わったみたいな感じになっちゃったのね」

まいの気持ちは分かる気がした。恵も似たような経験をした。夫が不倫相手と事故死し、世間からバッシングを受けて天から授かった不思議な力を失い、占い師も廃業した。あの頃はすべてを失い、自分の人生は終わったと思った。

しかし、それからおでん屋の女将として第二の人生が始まった。あれからすでに十年以上経《た》っている。人間というのは本人が思う以上にしたたかで、長生きするらしい。

「でも、多分私はあと何十年も生きる。それならパートナーのいる生活も悪くない……段々そう思えるようになってきたわ」

「良かったですね」

「ただ、年齢を重ねると皆さんしがらみが多くなるから、それは面倒ではあるわね。お子さんがいる場合、財産とかお墓とか、最初にキチンと決めておかないと、トラブルになることが多いそうよ」

「お墓ですか」

恵は咄嗟《とっさ》に佐那子を思い浮かべた。二度目の夫が再婚だったため、同じ墓に入らず、一人用の墓を買うことを選んだ……。

「実は私も、言われて初めて気が付いたのよ。もし再婚したら、私のお墓はどうなるのって。二人で入るつもりで、十年前に小さな霊園のお墓を買って、主人はそこに眠ってるのね。私が行かないとひとりぼっちでしょ。あの世で主人が寂しがるんじゃないかと思うと、何となく可哀想《かわいそう》で」

恵は、まいを笑う気になれない。「どうせ死んだらすべては無になる」などとは口が裂けても言いたくない。本気でそう思える強い人は少数派で、大多数の日本人は「死んだら天国で○○に会える」と、心のどこかで信じている。恵もその一人だ。中には、「死んだら天国で○○に会える」を心の支えにしている人だっているだろう。

「そういうお気持ちがあるなら、解決方法はあると思いますよ。例えば分骨して二つのお墓に入るとか……」

恵は後の言葉を呑み込み、まいと互いの顔を見合っていた。そして、どちらからともなく笑い出した。

「イヤねえ、婚活の話から急にお墓になるんだもの」

「ホント。まずは婚活ありきですよね」

笑って答えながらも、恵は「この年になると、婚活はそのまま終活でもある」という佐那子の言葉を思い浮かべた。

まいのグラスはほとんど空になった。

「今日のお酒は？」

「大那《だいな》と雑賀《さいか》です」

「雑賀って、和歌山県のお酒？」

「はい。大那は栃木のお酒です。どちらも和洋中、なんでもＯＫの、万能型食中酒です」

「それじゃあ、まずは雑賀にしようかしら。一合ね」

まいがトマトのファルシーを肴《さかな》に雑賀のグラスを傾けていると、新見と佐那子が連れ立って入ってきた。

「いらっしゃいませ」

「店の前でバッタリ会っちゃったの」

佐那子はまいに挨拶して、隣に腰を下ろした。新見は佐那子の隣の席を占めた。

「今日はちょっとメニューが貧弱で、お恥ずかしいです」

「あら、そんなことないわよ」

二人におしぼりを渡しながら言うと、まいが口を添えた。

「いつもは他の料理に目移りしてたけど、今日はおでんに集中出来るわ」

「ありがとうございます」

恵がお客さんに恵まれていると感じるのは、こんな瞬間だ。ずぶの素人《しろうと》が始めた店が今まで続いているのは、すべてお客さんの温かさに支えられたからだ。

「私は生ビール。一番小さいグラスで」

「僕は……小生」

佐那子はお通しに卵焼き、新見は枝豆を選んだ。

「新見さん、今日、晶さんとランチしてきました」

「ほう」

「再来週の日曜に、まいさんの勤めている愛正園の子供達が、仁木さんの苺農園で農業実習させていただくんです。それで、晶さんもお誘いしました」

「それは、わざわざどうも……」

「仁木さんは苺農園の経営が仕事ですから、一度は仕事中の姿を見ておいた方が良いと思いまして」

「仰る通りです。私も娘も農業のことは何も知りません。前もって学習すべきでした」

「仁木さんは優しい方ですね。園では、中学生以上の子供だけを実習に行かせるつもりだったんですけど、遊ぶ場所もあるから、小さい子供達も連れていらっしゃいって言って下さって。苺狩りに行った子たちは、そりゃあ喜んでますよ」

まいが説明を補足してくれた。

「お嬢さんの婚活、順調でいらっしゃるのね」

「はい、お陰様で」

新見は佐那子とまい、恵の顔を順に見回した。

「ここで不思議なご縁で皆さまと出会わなかったら、娘が仁木さんと知り合うこともありませんでした。恵さんにもご尽力いただいて、何とお礼を申し上げて良いか分かりません」

「お礼を仰るのはまだ早いんじゃございません？　お嬢さんが無事に結婚式を挙げてからにしないと」

佐那子はからかうように口にしてから、恵に問いかけた。

「それとも、もう決まったようなものかしら？」

恵は晶の頭の後ろに灯った、小さなオレンジ色の光を思い出した。あれは愛の光だ。晶は自分では気付いていないようだが、貴史を愛し始めている。だが、まだ貴史の光を確かめていない。

「それはこの次の日曜に分かります」

「二人が結ばれるように、何とかお願いします」

新見は胸の前で手を合わせ、真面目《まじめ》な顔で恵を拝《おが》んだ。

「そうなったら私はもう、いつ死んでも構わない。安心してあの世に行けます」

「何を縁起でもないことを仰るの」

佐那子がたしなめると、新見は素直に頭を下げた。

「すみません。近頃は気が滅入ることが多くて。少し鬱なのかも知れません」

まいは眉を曇らせ、宥《なだ》めるように言った。

「新見さん、そんなに心配することありませんよ。お嬢さんはまだ若いんです。私や佐那子さんくらいの年齢になっても婚活の道があるんだから、お嬢さんはいくらでも結婚のチャンスがありますよ」

「私もそう思っていたんですが、どうも違うようです。結婚というのは自分から求めて行動しないと、出来ないものだと思い知りました」

その通りだ、と恵は思った。

昔は、積極的に婚活しなくても結婚出来る仕組が色々あった。親戚や近所の仲人《なこうど》おばさんは、年頃になれば縁談の世話をしてくれたし、村や町の青年団、会社の組合やサークルは、若い男女が行動を共にすることで、恋愛に発展する仕組になっていた。しかし今は、そんな奇特な人はいないし、組織もない。自分から結婚を求めて活動しない限り、結婚出来ない社会になったのだ。

「冷たい言い方をすれば、娘の価値が一番高かったのは、司法試験に合格して弁護士になった二十代の終わりでしょう。あれからジリジリと下がり続けて、四十を超えたら大暴落です。恋愛は別ですが、見合いで好きな相手と結婚するのは難しいでしょう」

恵も佐那子もまいも、思わず頷いていた。

「貴史くんは信頼出来る人間です。そして晶は彼に好意を感じている。この話がダメになったら、貴史くん以上に好感の持てる相手と結婚出来る可能性は低い。だから私は、何としてもこの話をまとめたいんです」

「同感ですわ」

佐那子がきっぱりと言った。

「結婚が眼中にない人は結婚出来ません。でも、お嬢さんは結婚を意識しているんでしょう？　それならきっと上手くいきますよ」

「だと良いんですが。父親としては祈るだけですよ」

「それと、これは私の持論なんですけどね……」

佐那子はグラスのビールを呑み干した。

「一度結婚した女性は、もう一度結婚しようと思うと、たいてい結婚出来るんですよ。幾つになっても」

まいが苦笑を漏らした。

「それは佐那子さんが特別なんですよ」

「違います」

佐那子は自信たっぷりに、他の三人を見回した。

「経験値があるからです」

「つまり、結婚がどういうものか知っている、という意味ですか」

恵の問いに、佐那子は大きく頷いた。

「その通り。知っているから、同じ道に踏み出すことが出来るんです。あるいは、踏み出さない選択も出来る。でも、知らない道を行くのは怖いでしょう?」

「確かに」

「若い人は冒険心があるから、知らない道でもどんどん歩いて行ける。でも年齢が進んで色々知恵が付いてくると、ためらいが勝って初めの一歩が踏み出せなくなるんですよ」

佐那子は新見の方を向いた。

「良かったですね、代理婚活をなさって。もし放っておいたら、多分お嬢さんは一生結婚出来ないと思いますよ」

恵は大いに感心し、納得した。「適齢期」というのもあながち的外《まとはず》れではない。若さと情熱が失われて「リスクマネジメント」ばかり考えるようになったら、結婚なんか出来るものではない。結婚はリスクの塊《かたまり》なのだ。

「ママさん、今日のお酒は何？」

恵が大那と雑賀の説明をすると、佐那子は大那を二合とグラスを三つ頼んだ。

「前祝いに、乾杯しましょう」

佐那子は新見とグラスを合わせ、一口呑んで微笑んだ。

「新見さん、お嬢さんがめでたく結婚なさったら、今度は新見さんの番じゃありません？」

「え？」

「婚活ですよ」

恵は思わず「そうだ！」と叫びそうになった。

新見は妻を亡くして三年になる。娘が結婚して家を出たら一人暮らしだ。まだ現役の大学教授で、見た目もカッコいい。晶は、恵を新見の再婚相手と誤解したくらいだ。再婚を考えてもおかしくない。

しかし、新見は苦い顔で首を振った。

「とんでもない。私は再婚など考えたこともありません」

断固たる口調だった。

もしかして亡くなった奥さんと、あまり上手くいっていなかったのだろうか。それで結婚に懲《こ》りてしまったのだろうか。

恵はあれこれと新見の真意を推《お》し量《はか》った。

「人生って、思いのほか長いですよ」

まいがしみじみと言った。

「今は寂しくなくても、十年後はどうなるか分かりません。私も、やっとそのことに気が付きました」

新見は寂しげな微笑を漏らした。

「ご心配いただいてありがとうございます。しかし、私は一人が気楽で良いんです」

恵は勿体《もったい》ないと思った。新見が婚活を始めたら、候補者は大勢現れるだろうに……。

何気なく佐那子に目を遣《や》って、ハッと息を呑んだ。

頭の後ろに、淡いオレンジ色の光が灯っている。

この光は、もしや……!?

恵は改めて佐那子と新見を見比べた。

あら、大変。どうしよう？

五皿目

眠れぬホタテのバター焼き

一月に真行寺巧《しんぎょうじたくみ》の経営する丸真《まるしん》トラストの女性社員が自殺し、七月になって両親が、パワハラによって自殺に追い込まれたとして、会社を訴える訴訟を起こした。新聞に第一報が報じられると週刊誌が後に続き、新聞も特集記事などで後追いした。丸真トラストは、あっという間にブラック企業の代名詞と化した。

週刊誌では、オーナー社長である真行寺についても取り沙汰《ざた》された。何の後ろ盾《うしろだて》もなく、一代で大会社を築いたことが興味を引いたのだろう。

雑貨の個人輸入販売から始まって、老朽化したビルを安く買い取ってリフォームし、転売して大儲《おおもう》けした経歴が、憶測《おくそく》と誇張《こちょう》と悪意をちりばめて書いてあった。恵《めぐみ》が斜め読みした限りでも、「安く買い叩《たた》いて」「地上げまがいの」「高額なテナント料」「メンテナンスの不備」といった表現が目についた。

恵は、真行寺の経営者としての振る舞いを全部知っているわけではないが、他の業者と比べて悪質なはずがないと思う。確かに恵は特別な厚意を受けているが、他のテナントにも、それなりに良い条件を提示しているに違いない。条件が悪かったらテナントが集まらないだろう。貸しビル業は常にテナントが埋まっていないと儲けが出ない、と聞いたことがあるが、丸真トラストは順調に黒字を続けている。それはつまり、テナントにとっても悪い貸し主ではないからだ。

小見出しに「謎に満ちた私生活」と書いてある。

「謎」はちょっと言いすぎだと思った。確かに、あまり人付き合いの良い方ではない。愛想も悪い。しかし、ことさら私生活を秘密にしているわけではないだろう。私生活がないのだ。仕事人間で、家に帰ったら寝るだけで、おまけに一人暮らしで……。

そこまで考えて、恵はふと気が付いた。知り合って三十年以上になるというのに、真行寺がどこに住んでいるか知らなかった。会社には何度か行ったが、自宅は行ったことがない。

開いた週刊誌には、真行寺の写真が載っていた。「黒眼鏡《くろめがね》」に近いサングラスを掛けているので、それだけで胡散臭《うさんくさ》く見えて、ますますブラックのイメージが強くなる。

会社のイメージが悪くなるとどうなるんだろう？　もしかして株価が下がるとか？　丸真トラストって上場してたんだっけ？

恵は溜息《ためいき》を漏《も》らして週刊誌を閉じた。

早くこの騒ぎが収まってくれれば良いのに……。

日曜日の朝は快晴だった。

今日は、愛正園《あいせいえん》の子供達がベリーファーム仁木《にき》で農業実習を体験する予定だった。恵と晶《あきら》も参加する。

十時に現地集合で、それぞれ自宅から別ルートで出発したのだが、内房線《うちぼう》は一時間に四、五本しか運行しないので、利用出来る列車の数も限られる。結局、みんな千葉駅のホームで一緒になった。

「大輝《だいき》くん、凜《りん》ちゃん、澪《みお》ちゃん、新《あらた》くん、元気だった？」

恵は大輝に近寄って顔を覗《のぞ》き込んだ。

「うん。メグちゃんは、元気？」

その顔に暗い影が差していないのを確認して、恵は安堵《あんど》した。それに女の子たちの影響か、「おばさん」から「メグちゃん」に昇格したらしい。

「元気よ。今日は苺《いちご》狩りは出来ないけど、ヤギさんと遊べるわよ」

「玉坂《たまさか》さん、色々お世話になります」

生徒たちを引率してきた愛正園の園長、三崎照代《みさきてるよ》が挨拶《あいさつ》した。ゆっくり話をしたことはないが、年齢は恵と同じくらい。長年児童福祉の仕事に携わってきたベテランで、子供達からは慕《した》われ、職員からは信頼されている……と真行寺は言っていた。

「園長先生こそ、お一人で大変ですね」

「大丈夫。彼女たちがサポートしてくれるから、安心です」

照代は高校生の二人を紹介した。二人とも女の子で、一年生と二年生だという。

「それにね、小学生でも女の子はお姉さんだから、下の子の面倒をちゃんと見てくれるんですよ」

中学生は三人とも男の子で、まだまだいたずら盛りという感じだった。小学生は高学年らしい女の子二人と低学年の男の子が一人。どの子も礼儀正しく、表情が明るかった。

「こちらは弁護士の新見《にいみ》晶さんです。ベリーファーム仁木のご主人のお友達で、今日は皆さんと一緒に実習に参加します」

恵が紹介すると、子供達は一斉に拍手した。

「初めまして。新見晶です。今日はよろしくお願いします」

晶はやや緊張気味に言って、ペコリと頭を下げた。

内房線に揺られて君津《きみつ》駅に到着した。そこからはバスに乗って向かう。停留所からベリーファーム仁木までは五分ほどだ。

「いらっしゃい！」

「よく来たね！」

貴史《たかし》と仁木夫婦は、門の外に出て迎えてくれた。三人とも作業服姿で、満面に笑《え》みを湛《たた》えている。

「本日はどうもありがとうございます。ご厚意に大変感謝致しております。よろしくお願い致します」

照代が仁木親子の前に進み出て、深々と頭を下げると、三人とも恐縮して手を振った。

「とんでもない。うちはいつでも大歓迎ですよ」

貴史が晶を見て、嬉しそうに近づいた。

「晶さんも、遠いところ、ありがとう」

「こちらこそ。お宅へ伺うのは初めてなので、すごく楽しみです」

貴史を見返す晶の目は、いつもよりずっと優しく、穏やかだった。二人の頭の後ろに明るい光が輝くのを、恵はしっかり見て取った。

良かった！　この二人はもう、大丈夫。

「それでは皆さん、事務所へどうぞ。冷たい物を飲んでひと休みしたら、作業を始めます」

貴史が子供達を見回して声をかけた。それから事務所へ移動して荷物を下ろし、冷たい麦茶を振る舞われた。

貴史は一同を、何棟かあるビニールハウスの一番端に案内した。

「皆さんにはこれから、育苗《いくびょう》という作業を手伝ってもらいます。苺の親株からランナーという子供を切り離して、ポットに入れて育てるんです」

貴史に続いてハウスの中に入ると、二段になった棚はルビー色の苺でいっぱいだった前回とは一変し、緑一色になっていた。

入り口付近には、規則的に穴の開いた仕切り板を入れた、大きなプランターが置いてあった。

貴史が棚を覆《おお》う葉の中に手を入れて、薄赤い蔓《つる》を引っ張り出した。

「ランナーというのは、この蔓に生《な》っている小さな株のことです」

蔓の途中には二つほど、周囲に葉の付いた株が出来ていた。蔓の先端にも芽のようなものがある。

「親株に近い順に、太郎株・次郎株・三郎株と呼んでいます。この太郎・次郎・三郎を鋏《はさみ》で切り取って、一つずつポットに移したら、あの台の上に並べて下さい」

貴史は、入り口に置いた仕切り付きのプランターを指さした。それから株の根元で蔓を切り離し、アイスクリームカップに似たプラスチック容器に入れた。これも園芸用品に違いない。容量は三百ミリリットルくらいだろう。棚の下には何箇所かに分けて、ポットが積まれていた。

「ポットの中に土を入れなくてもいいんですか」

高校生の女の子が質問した。

「良い質問ですね」

貴史は質問した女の子に微笑《ほほえ》みかけた。

「これは挿《さ》し苗、あるいは空中採苗と呼ばれる方法です。ポットに移したら一時間置きくらいに水をかけて、株の乾燥を防ぎます。そうすると二週間くらいで根が出てくるので、そうしたら水やりを一日一回に減らして、苗が育つのを待ちます。家庭菜園などでは土を入れたポットに植えますが、商業ベースで大量に作る農家では、今はこっちが主流です」

子供達が理解したのを確かめるように、ゆっくり顔を見回してから先を続けた。

「苗が育ったら、今度はハウスの人工培養土に定植します。植え替えをやるのは九月の半ばですね。花が開くのは十月です。真っ白いきれいな花ですよ。開花したら受粉させせます。蜜蜂《みつばち》に頼るわけにいかないので、刷毛《はけ》で花粉を塗っていきます。そうすると大体四十日くらいで真っ赤な苺が育つんです」

十一月の終わりから苺の出荷が始まると、五月までは毎日出荷作業に追われると、以前貴史は語っていた。

「四月から六月にかけては親株を植えてランナーの育成をします。だから、一年中気が抜けません。でも、美味《おい》しい苺が実ったときは、苦労が全部報われる気がします」

説明を聞く晶の目は、うっとりと細められていた。他の人間を見るときとは明らかに違っている。

ここへ連れてきて良かった……。

恵は自分で自分を褒《ほ》めたい気持ちだった。晶は休みの日の貴史しか知らない。本気で仕事に取り組んでいる貴史を見るのは初めてだ。好きな仕事に情熱を傾けている男は、格好よく見えるだろう。

「取り敢《あ》えず、やってみましょう。分からないことがあったら、何でも訊《き》いて下さい」

貴史は鋏を取り出し、子供達に配り始めた。

「じゃあ、あなた方は先生とお外で遊びましょう」

照代は学齢前の大輝たちに声をかけ、ハウスを出るように促《うなが》した。

恵は照代のあとに続き、後ろを振り向いた。晶はピッタリと貴史に寄り添っている。笑いをかみ殺し、恵はハウスを後にした。

「先生、あっちがヤギ舎で、隣が子供の遊び場になっています」

恵がヤギ舎の方を指すと、事務所から泰史《やすふみ》が出てきた。

「よろしかったら子供達にヤギを見せましょうか」

「あら、すみません。お願いします」

泰史は子供達の先頭に立ち、ヤギ舎へ歩いて行った。

「先生、私は奥さんの手伝いをしてきますので、ここで」

恵は子供達と別れ、仁木家へ向かった。

仁木家の自宅は木造二階建てで、事務所から十メートルほど離れていた。土地が広いので、東京で見かける住宅より一回り大きい。屋根も外壁もきれいで、築十年とは経《た》っていない感じだ。

「ごめん下さい、玉坂です！」

玄関から呼びかけると、エプロン姿の雅美《まさみ》が出てきた。

「奥さん、お昼ご飯の準備、手伝います」

「あら、悪いわ、そんな」

「遠慮しないで下さい。お客さんで来たんじゃありませんから」

「そうお？　そんじゃ、頼みます」

雅美は上がるようにと手招きした。玄関から続く廊下の両脇に部屋があって、まっすぐ行った奥がキッチンだった。

「大したもんは作らないのよ。豚汁と唐揚《からあ》げとおにぎり。それと、自家製の漬物《つけもの》くらい」

「子供達の大好物です。喜びますよ」

子供は大体唐揚げが好きだから、愛正園の生徒たちも喜ぶはずだ。恵は腕まくりをして流しで手を洗った。

ガス台の上では大きな鍋がぐつぐつ煮えていて、その横では釜《かま》が湯気を上げていた。業務用の大きさで、軽く一升《しょう》は炊けそうだ。鍋と釜はけっこう年季が入っていたが、キッチンは機能的なシステムキッチンだった。

「大きいですねえ。業務用ですか」

「昔はたまに人寄せ事があったから、大きいのが必要でね。苺狩りのお客さんが来るようになって、また出番が回ってきたわ」

　雅美は味噌《みそ》を鍋に溶きながら言った。

「ご飯炊き上がったら、唐揚げを揚げるからね。おにぎりはご飯を蒸らしてから」

「台所、新しいですね。食洗機が付いてるなんて、羨《うらや》ましい」

「九年前に建て替えたのよ。息子が離婚して東京から戻ったあとで」

　雅美は鍋に蓋《ふた》をして火を止めた。

「そのとき、将来も考えて二世帯住宅にしようと思ったんだけどねえ……息子がそんなの必要ない、再婚なんかしないって言うから」

　雅美の顔に、一抹《いちまつ》の寂しさが漂った。

「息子と嫁さんと、一緒に暮らせたらって思うけど、難しいだろうねえ」

　恵は何とも気の毒になった。代理婚活の席では「別居結婚でもかまわない」と言っていたが、本音は息子に普通の結婚をしてもらいたいのだろう。親としてその願いはごく自然だ。

　しかし、君津から毎日東京へ通勤するのは難しい。通える範囲で仕事を探すとしても、東京でさえ過当競争で仕事にあぶれる弁護士が増えているのに、千葉県で新しい働き口を見つけるのは至難の業《わざ》ではあるまいか。

そして、都会育ちで農業の経験がなく、現役の弁護士である晶が、仕事を捨てて農家の嫁になるとも思えなかった。昔より価値が下がったとは言え、今でも司法試験が難関で、弁護士という職業にステータスがあるのは間違いない。晶だって、自分の職業に誇りを持っている。

しかし、恵が気休めを口にする前に、雅美はさばさばした口調に戻っていた。

「冷蔵庫から鶏肉出してくれない？」

あわてて冷蔵庫を開けると、鶏肉の塊《かたまり》がドンと目に飛び込んだ。

「四キロあるから、唐揚げ用に切って、下ごしらえをしてくれる？」

「はい」

雅美は豚汁の鍋をガス台から下ろし、これも業務用と思われる中華鍋を置いた。収納棚から千五百ミリリットル入りのサラダ油ボトルを取ると栓《せん》を開け、一気に鍋に注いだ。ドボドボと豪快な音を立て、油が鍋に満ちていった。

唐揚げの下ごしらえをしていると、ご飯が炊き上がった。

「蒸らしが終わったらタイマーが鳴るからね」

唐揚げを揚げている最中にタイマーが鳴った。雅美は恵に後を任せ、キッチンの床に敷いたバスタオルの上に釜を下ろした。ガスでご飯を炊いたことがない恵は、興味津々《しんしん》だ。

「よいしょ」

雅美は大きな木の桶《おけ》を持ち出してきた。料理番組で酢飯《すめし》を混ぜるときに登場する、飯台《はんだい》という浅い桶だ。

「それも大きいですねえ。お寿司《すし》屋さん並み」

「千葉は太巻き寿司が名物でね。特に房総の方は昔から。それでうちにも、こんなのがあるのよ」

釜の蓋を取ると、白い湯気がフワリと流れた。炊きたてのご飯は真珠色《しんじゆいろ》に輝いている。雅美は大きな木のしゃもじを二つ使い、釜から飯台にご飯を移していった。右のしゃもじでご飯をすくい、左のしゃもじはこぼれないように軽く押さえる。スピーディで手慣れていて、たちまち釜は空になった。

「漬物出してくるからね」

台所の隣が物置小屋で、漬物樽《だる》はそちらに置いてあるという。雅美はプラスチックのボウルを二個持って、勝手口から出ていった。

戻ったときは、ボウルの中に鮮やかな緑と紫が入っていた。キュウリの塩漬《しおづ》けとナスの塩漬けで、どちらも旬真っ盛りだ。

「お昼が出来ましたよ！」

一時を回った頃、恵はビニールハウスへみんなを呼びに行った。

「腹へったー！」

小学生を先頭に、子供達がハウスから出てきた。

その後に貴史と晶が続いた。二人とも三時間前より、明らかに頭の後ろの光が大きくなっている。やはり、晶に貴史の仕事ぶりを見せたのは正解だった。

「進み具合は如何《いかが》ですか」

「三分の二くらい終わりました。みんな真面目《まじめ》で一生懸命やってくれて、助かりますよ」

貴史は晴れやかな笑顔で答えた。その横に並ぶ晶の目も、誇らしげに輝いている。

「あとは一時間ちょっとで完了です。お昼が終わったら、また皆さんにひと仕事お願いします」

「子供達、とても楽しそうでしたよ」

それは、ハウスから出てきた子供達の表情で分かる。

「きっと貴史さんの教え方が良いからね。子供達を萎縮《いしゅく》させるようなところが全然なくて」

晶は、自分が褒められたように頬《ほお》を緩《ゆる》めた。

昼食はみんな集まって、前回バーベキューをしたあずまやで取った。金網の上に板を置いて大きなテーブルにし、料理を並べた。豚汁は鍋ごと運んできて、他の料理は紙の大皿に盛って出した。麦茶の他に、ジュースとコーラのペットボトルもある。

「いただきま〜す！」

子供達は旺盛《おうせい》な食欲を見せ、次々と料理を平らげた。おにぎりも豚汁も唐揚げも、十分すぎる量を用意したはずが、ほとんど残らなかった。

「気持ちの良い食べっぷりだねえ」

雅美は空になった大皿を見て声を弾ませた。料理する者にとって、美味しそうにいっぱい食べてくれることが何より嬉しいのだ。

「さあ、続きに取りかかろうか」

貴史が声をかけると、子供達は勢いよく椅子《いす》から立ち上がった。

「あのう……」

ビニールハウスで質問した女子高生が貴史を見て、遠慮がちに口を開いた。

「苺栽培の仕事って、他にも色々あるんですよね？」

「うん。春は親株定植とランナーの育成、夏は今日の育苗、九月は育った苗の定植、十月は受粉、十一月から翌年の春まではひたすら収穫と出荷」

「また来ても良いですか。他の作業もやってみたいです」

「どうぞ。大歓迎だよ」

女子高生はホッとしたような顔で微笑んだ。

育苗に参加した子供達は貴史と共にビニールハウスに戻り、大輝たち四人は照代と泰史が遊びに連れて行った。

恵は雅美を手伝って、食事の後片付けに取りかかった。

育苗の作業が終わり、子供達が帰り支度《じたく》を終えたのは四時過ぎだった。君津駅では三十五分に総武《そうぶ》線経由逗子《ずし》行き快速、四十七分に新宿行き特急さざなみ号が出る。

「車で送ってくよ」

貴史が気軽に申し出た。

仁木家は普通の五人乗りの乗用車の他に、大型のワンボックスカーを所有していて、貴史はワンボックスカー、泰史は乗用車の運転席に向かった。

「小中学生と幼稚園組は大きい車だよ。園長先生と玉坂さん、高校生の四人は親父《おやじ》の車に乗って下さい。晶さんはこっちの助手席で良いね？」

二人は軽口を叩き合いながら、ワンボックスカーに乗り込んだ。わずか半日で、「交際相手」から恋人同士に発展したらしい。

君津駅で貴史親子と別れ、恵たちは内房線で東京に向かった。

座席に腰掛けると、さすがに子供達は疲れたらしく、年少の子供はすぐに寝息を立て始めた。女子高生二人も次第に舟を漕《こ》ぐ回数が多くなり、いつしか白河夜船《しらかわよふね》の態《てい》となった。

「愛正園の子たちが錦糸町《きんしちょう》で下りたら、ちょっとお話ししたいことがあるんですけど」

恵がそっと耳打ちすると、晶は何も訊かずに頷《うなず》いた。

錦糸町駅が近づくと、照代は子供達を起こして下車の準備をさせた。愛正園に戻るには、東武《とうぶ》スカイツリーラインに乗り換えなくてはならない。

「今日はお二人とも、ありがとうございました」

照代が恵と晶の前でお辞儀すると、子供達もそれに倣《なら》った。大輝が恵の前に来て、右手を差し出した。恵も大輝の手を握り、小さく上下に振った。

「メグちゃん、またね」

「大輝くんも、元気でね」

「タクさんによろしく」

一瞬誰のことかと思ってから、真行寺のことだと気が付いた。

「タクさんって呼んでるの？」

「うん。だっておじさんって言ったら、甥《おい》でもないのにおじって呼ぶなって」

「なるほど。大輝くん、グッジョブ！」

あの真行寺が「タクさん」と呼ばれてどんな顔をするのか、想像すると笑いが込み上げる。

「さよなら！」

「気をつけてね！」

口々に言って、ホームへ踏み出して行く。子供達がいなくなると、何故《なぜ》か車内の温度が下がったような気がした。

「今日は疲れたでしょう？」

「いいえ、ちっとも」

晶はにこやかに答えてから、幾分声を落とした。

「ところで、お話って何ですか」

「今日、あの子供達を見て、どう思われました？」

「良い子たちだと思いました。真面目だし、素直だし」

晶はゆっくりと、言葉を選びながら先を続けた。

「それと、変な言い方ですが、運の良い子たちだと思いました。良心的な職員さんがいて、きめ細やかなケアを受けられて……。児童福祉施設も色々で、職員の手が足りなくて子供のケアがずさんなところもあるし、職員から虐待を受けるケースもあるんです。それを考えたら……。多分、財政的にも豊かなんじゃないかと思います」

「そのようです。長年にわたって支援してくれる篤志家《とくしか》がいるんですって。園長先生から伺いました」

「ああ、やっぱり」

顔にも声にも賞讃《しょうさん》がにじんだ。

「立派ですね。なかなか出来ないことだけど、そういう人がもっと増えれば、不幸な子供達が救われるのに」

「その篤志家って、誰だと思います？」

晶は怪訝《けげん》そうに眉《まゆ》をひそめた。「私が知っているわけないでしょ」という顔つきだ。

「丸真トラストの社長の、真行寺巧さんです」

晶は一瞬大きく目を見開いたが、次の瞬間には露骨に顔をしかめた。

「まさか」

「園長先生ご本人が仰《おつしや》ってるんですから、間違いありません」

「売名行為でしょう」

「最初からずっと匿名《とくめい》で続けていて、園の責任者である歴代の園長と限られた人しか存在を知らないそうです」

晶は顔をしかめたまま、腕組みをした。

「丸真トラストは今やブラック企業の代名詞だし、真行寺社長もマスコミでは完全に悪者扱いですけど、それだけが真実でしょうか。愛正園との関係を考えると、別の見方も出来るように思うんです」

「匿名で寄付を続けているからと言って、パワハラで社員を自殺に追い込んだ責任は免《まぬか》れません」

厳しい表情と口調が、貴史と一緒にいたときの穏やかさを消し去った。

「それに、アル・カポネだって愛妻家だったというし、身内に甘いヤクザの親分とか、いるじゃありませんか」

恵は思わず苦笑を漏らした。晶の言うことはもっともだが、恵の疑問は変わらない。和田《わだ》ひなのは、本当にパワハラが原因で自殺したのだろうか。

「遺書はありませんでしたが、日記が残っています。上司からの暴言や侮辱《ぶじょく》が頻《ひん》繁《ぱん》に出てくるんです。上司のイニシャルがハッキリ書いてあるんで、間違いありません。自殺の原因はパワハラです」

「……そうなの」

すると、また別の疑問が頭に浮かんだ。部下を自殺に追いやるようなひどい社員を、真行寺は雇っているのだろうか。

西新宿の高層ビルにある丸真トラストの本社は、何度か訪れたことがある。しかし今日は、オフィス全体にそれまでとは違う空気が漂っている。漠然《ばくぜん》とした不安、そして萎縮……。

受付で名前を告げると、ほどなく女性社員が現れた。辻井《つじい》という真行寺の秘書だ。

「どうぞ、こちらへ」

社長室に案内してくれたが、そこに真行寺はいなかった。

「社長はただ今来客中ですので、少しお待ち下さいませ」

辻井は部屋の一角の来客スペースを示し、深々と一礼して部屋を出て行った。

三十分ほど経ってから、真行寺が入ってきた。

「お忙しいところ、すみません」

恵は椅子から立ち上がって頭を下げた。真行寺はいつもと同じ仏頂面《ぶっちょうづら》だが、格別気分を害している様子ではなかった。

「どうした、急に?」

向かいのソファに無造作《むぞうさ》に腰を下ろした。気のせいか、顔色が冴《さ》えない。皮膚の内側に澱《おり》がたまっているように見える。

恵は前置きは抜きにして、単刀直入《たんとうちょくにゅう》に切り出した。

「自殺した和田ひなのさんの上司だった方に、お目にかかれませんか。ほんのちょっとだけ、お話を伺いたいんです」

真行寺はさすがに驚いた顔をした。

「ぶしつけなお願いですが、私の占い師……元占い師としての勘《かん》が、そう訴えているんです」

「分かった」

即答だった。真行寺は奥のデスクに行き、背を向けてインターホンを押した。

「営業の豊川《とよかわ》を呼んでくれ」

それから恵の方に向き直り、サングラスの奥からじっと見つめた。

「豊川秀二《しゅうじ》、四十歳。入社十八年になる。営業第一課の課長。和田ひなのの直属の上司で、新人教育係でもあった。他に訊きたいことは？」

「ええと、妻子は？」

「あり」

「夫婦仲はどうですか」

「俺が知るわけないだろう。占い師なら自分で占え」

「そうでした」

恵が苦笑すると、ドアがノックされた。

「社長、豊川が参りました」

辻井は、豊川という社員が部屋に入ると、すぐにドアを閉めた。豊川は真行寺の前で一礼し、直立不動の姿勢を取った。

風貌《ふうぼう》は、アンパンマンがダイエットしたような印象だった。目も鼻も丸く、元は顔も丸かったのだろうが、今は頬がしぼんで張りがない。それでも柔らかな眼差《まなざ》しに、人の好《よ》さが窺《うかが》われる。

恵は神経を研《と》ぎ澄《す》ませて、豊川の持つ気配を感じ取ろうとした。死ぬほど人に恨《うら》まれていたら、どこかにその残滓《ざんし》があるはずだ。しかし、怨嗟《えんさ》の念は感じられなかった。

豊川は見知らぬ相手に凝視《ぎょうし》され、居心地《いごこち》悪そうに身じろぎした。

「あの、社長、こちらは？」

「俺の知り合いの元占い師だ。今でも時々侮《あなど》れない力を発揮する。お前のために一肌脱ぎたいそうだ。悪いようにはしないから、訊かれたことには何でも素直に答えてやれ」

豊川は何の前触れもなく怪しげな〝占い師〟に引き合わされ、困惑して目を宙に泳がせた。

「俺は席を外す。用事が済んだらインターホンを押せ」

「あの、社長、いったい……」

真行寺は何も答えず、さっさと部屋を出て行った。後に残された豊川は、胡散臭そうな目で恵を見た。

無理もない。訴訟を起こされてから、連日マスコミに追い回されてひどい目に遭《あ》ったんだろう。その上、突然占い師なんか紹介されたら、嫌がらせだと思うかも知れない。

恵は出来るだけ友好的な態度で、「初めまして」と自己紹介した。

「不審に思われても無理はありません。でも、私は豊川さんがパワハラをしていないという確信があります。だから真実を詳《つまび》らかにして、相手側の誤解を解きたいんです」

豊川はげんなりした顔で肩を落とした。

「お気持ちは嬉しいですが、無理ですよ。亡くなった和田の日記に、私のイニシャルで、あることないこと書いてあるんです。遺族も向こうの弁護士も、私がパワハラをしていたと決めつけています」

「それは事実なんですか」

「違います」

豊川はきっぱりと答えてから、気弱に溜息を吐《つ》いた。

「ただ、何度も叱責《しっせき》したのは事実です。初歩的なミスが続いて、声を荒らげたこともあります」

豊川は向かいのソファに腰を下ろし、床に目を落とした。

「和田は入社当時から私の直属で、仕事のイロハを教えてきました。真面目で熱心で、飲み込みが早くて、優秀でしたよ。それが……去年の夏頃から、急におかしくなったんです」

「……と仰いますと？」

「注意力が散漫になって、集中力が切れて、要するに上《うわ》の空《そら》というか、投げやりというか。とにかく仕事が雑になって、ミスを連発するようになったんです」

「原因は何だったと思いますか」

「そうですねえ……」

豊川は顔を上げ、記憶をたどるように壁に沿って目線を動かした。

「私生活じゃないですか……男とか。若い女性のことだし。ただ、実際には付き合っていた男はいなかったそうです」

「会社内で、何か思い当たることはありませんか」

「人間関係のトラブルはなかったはずです。営業一課は少人数なので、何かあれば分かります」

豊川は座り直して、真《ま》っ直《す》ぐに恵と向き合った。もう胡散臭げな目つきはしていない。短い遣《や》り取《と》りの間に信頼感が生まれたようだ。

「誓って言いますが、私は和田が大きなミスを何度も犯したから叱責したのであって、つまらないミスをあげつらって怒ったりはしていません。和田が亡くなったことは本当に残念だし、心から気の毒に思っています。しかし、私のパワハラが原因と言われると、どうしても納得出来ないんです」

「分かります」

恵も豊川の目を見返した。

「私は、あなたには怨嗟の念を感じません。だから、和田さんはあなたを恨んでいなかったと思います。自殺の原因は違うところにあるはずです」

豊川の顔は晴れ晴れと輝いたが、すぐにまた曇ってしまった。

「ありがとうございます。でも、どうやってそれを証明したらいいか……私にはその術《すべ》もないんです」

「大丈夫ですよ。真実は必ず明らかになります」

気休めを言ったつもりはなかった。豊川に直接会い、話を聞いて、疑問の答えが見つかった。その答えが、進むべき方向へと導いてくれる。

インターホンを押して面会が終わったことを告げると、間もなく真行寺が戻ってきた。

「ご苦労だった」

その一言で豊川は丁寧に礼をして、社長室を去った。

「どうだった?」

真行寺は再び向かいのソファに腰を下ろした。面白がっているのが口調で分かった。

「最初から分かってたんでしょ?　豊川さんがパワハラしていないって」

「十八年の付き合いだからな」

「じゃあ、どうして亡くなった女性の身辺を調べないの?　原因は会社じゃなくて私生活にある……そう思ってるのに」

会社で契約している調査会社の他に、真行寺は個人的に優秀な調査員を雇っている。個人情報を探るくらい簡単なはずだ。

「死者をむち打つのは、忸怩《じくじ》たるものがある」

珍しく神妙な顔になった。

「和田はうちの社員だった。原因はともあれ、自殺したのは気の毒に思っている。

もし私生活を暴いて汚点が見つかったら、和田の両親は居たたまれないだろう。それを思うと気が進まない」

「でも、このままじゃ会社のダメージが大きいんじゃないの？」

「不動産賃貸業は、飲食店や農水産品とは違う。風評被害は受けない。マスコミが鎮静化するのを待つだけだ」

その言葉は嘘ではないが、強がりも混じっているだろう。マスコミで報道される前日に、大輝のことを頼みに来たくらいなのだから。しかし、そんなことを言っても真行寺が認めるはずがない。

「それじゃ、私も大舟に乗った気でいるわ」

恵はソファから立ち上がった。

「今日はお時間を取らせました。どうもありがとう」

真行寺は背を向けて座ったまま、無言で手を振った。

「そんなこと、出来るわけないいじゃないですか」

晶は呆《あき》れ顔で眉を吊《つ》り上げた。事務所に出勤しようとしたらビルの前で待ち伏せされて、大いに迷惑しているのだ。

「そこを何とか、お願いします」

　恵だって不退転の決意で臨んでいる。

「私はお父さんに頼まれて、代理婚活までしたんですよ。お陰であなたは貴史さんと出会えたんじゃありませんか」

「恩着せがましいこと、言わないで」

「敢えて言わせていただきます。恩返しだと思って、ここは無理を聞いて下さい」

　それからも押し問答が繰り返されたが、結局恵が押し勝った。

　晶は口惜《くや》しそうに唇《くちびる》を歪《ゆが》めた。

「私、あなたは結婚式に呼びません」

「まあ、おめでとうございます！　お決まりになったんですね！」

　恵は小さく跳《と》び上がり、大袈裟《おおげさ》に喜びを表現した。

「それは、まだ。でも、プロポーズされてOKしました」

「良かったわ！　お父さんもさぞ喜んでらっしゃるでしょうね」

「父にはまだ報告してません。教えるとあれこれうるさいから、もう少し……。父には言わないで下さいよ」

「分かりました。お約束します。あ、恩に着なくて良いですからね」

晶は「空々しい！」と吐き捨ててビルに入っていった。

和田ひなのの実家は逗子市にある、披露山《ひろやま》庭園住宅という高級住宅地にあった。田園調布《でんえんちょうふ》がそうであるように、この地域も古くからある三百坪《つぼ》のお屋敷と、元はお屋敷だった土地を小さく区画した新興住宅とが混在していた。和田家は明らかに後者だった。

父親は定年まで横浜にある会社に勤めていた。ひなのは高校までは横浜で、大学から自宅を離れ、東京のマンションで一人暮らしだった。

「厚かましく押しかけてきて、申し訳ありません」

「いいえ、こちらこそ、ご足労いただいて恐縮です。娘もきっと喜んでいると思います」

仏壇を前に、恵は畳《たたみ》に手をついた。向かいでは、ひなのの母も同じように手をついている。年は取っているが、娘と似た面差《おもざし》の女性だった。

恵が香典《こうでん》袋を差し出すと、母親は「御丁寧に」と捧《ささ》げ持った。

「新聞でひなのさんの記事を読んで、信じられませんでした。せめてお線香《せんこう》だけでも上げさせていただきたいと思って、弁護士さんに連絡を取らせていただきました」

恵は「去年までマンションの同じ階に住んでいて、ひなのさんと親しくさせてもらった。仕事で海外に行っていて久しぶりに日本に帰ってきたら、新聞報道で自殺を知った」という口実を設けて弔問《ちょうもん》に訪れた。疑われるかも知れないので、晶を説得して、というより強要して、前もって口添えの電話をかけさせた。担当弁護士の紹介なら、無碍《むげ》に断られたりしないだろう。

思惑通り、恵はひなのの家に上がり込み、仏壇に線香を上げることに成功した。仏壇に飾られた写真はカラーで、報道写真よりずっと鮮明に生前の雰囲気《ふんいき》が伝わってくる。両手を合わせ、目を閉じて冥福《めいふく》を祈ってから、心の中で語りかけた。

あなたの心の声を聞かせて下さい。伝えたい人がいるのなら、私がその人に届けます……。

顔の前を何かが通り過ぎる気配があった。目を開けたが何も見えない。ただ、ほんの一瞬、残り香《が》を嗅《か》いだ。すれ違った女性の髪が風になびき、シャンプーの香りがフワリと漂い、鼻先をかすめて消えてゆく……そんな感覚だった。

ありがとう。これがあなたの心の声なんですね。

恵はひなのの母に向き合い、座布団《ざぶとん》を下りて再び畳に手をついた。

八月は通常夏枯れで客足が落ちるが、今年は例年よりはマシだった。期待していなかった外国人観光客も何組か来店した。これもインバウンド効果だろうか。

今日の大皿料理はインゲン、カボチャの煮物、空心菜炒《くうしんさいいた》め、ラタトゥイユ、インゲンとベーコンのキッシュ。

空心菜炒めはあっさり塩味にしたが、XO醬《ジャン》を使うこともある。店頭に並び始めると、夏本番という気分になる。

本日のお勧め料理はスズキとホタテ（刺身またはカルパッチョ）、シシトウ焼き、オクラの生ハム巻き、ズッキーニのチーズ焼き。

今日は良いホタテが安かったので、多めに仕入れた。刺身で残った分は、明日バター醬油《しょうゆ》焼きで出すつもりだった。

暖簾《のれん》を掛け、看板を出し、入り口の札を「営業中」にひっくり返してカウンターに戻ると、すぐにガラス戸が開いた。

「いらっしゃいませ！」

新見圭介《けいすけ》だった。今日はもう一人連れがいる。

「ようこそ。夏休みで講義はお休みだと思ってました」

新見はカウンターの正面に連れと並んで腰掛けた。その顔を見て、恵は一瞬で背筋が凍りついた。

「友人の講演会があってね。たまたま席が隣だったんで、連れてきた。前に一緒に来ただろう、浄治《じょうち》大文学部の教授で、武林卓《たけばやしすぐる》さん」

二人は揃《そろ》って生ビールを注文した。

「僕の教え子の中では一番優秀だった」

新見が褒めると、武林は謙遜《けんそん》して首を振った。

「新聞学科で競争相手が少なかったんですよ。浄治大は英文科がメインですから。先生には足下《あしもと》にも及びません」

「おいおい、浄治では君の方が先輩じゃないか」

二人は大皿料理の説明を聞いて、お通しを決めた。新見は空心菜、武林はキッシュを選んだ。

武林が発する不穏《ふおん》な空気は前回と同じ……いや、いよいよ凶々《まがまが》しさが濃くなっていた。そんな人物が大学教授とは、どういうことだろう。

恵は料理を皿に取り分けて、二人の前に出した。そのとき、微《かす》かに何かが薫《かお》った。鼻先を仄《ほの》かな香りがかすめていった。

これは……⁉

恵は菜箸《さいばし》を取り落としそうになった。

間違いない、和田ひなのの、心の声……。

恵はカウンターの脇に寄り、目を凝《こ》らして武林の横顔を見つめた。徐々に、最初は漠然としていた黒い靄《もや》が明確な形を成してきた。それが背中から頭上へ立ち上り、渦《うず》を巻いている。

恵は左手の甲を爪《つめ》で抓《つね》り、その痛みで逸《はや》る心を落ちつかせた。ここで失敗は出来ない。

新見は武林を浄治では先輩と言っていた。つまり、武林はすでに何年か浄治大で教鞭《きょうべん》を執《と》っていることになる。

「今日のお勧めは？」

「ホタテは如何《いかが》ですか？　お刺身とカルパッチョの他に、バター醬油焼きも出来ますよ」

「僕は刺身でもらおう。それと、オクラ。武林くんはどうする？」

「僕は、折角だからバター醬油焼きで下さい」

「かしこまりました」

恵は料理を用意しながら、さりげない口調で切り出した。

「武林先生は、浄治はお長いんですか」

「そうですね、教授になって三年、その前が准教授で四年かな」

「新見先生のお嬢さんが担当なさっている事件……ほら、パワハラ自殺した女性。和田ひなのさんでしたっけ？　あの方も浄治の卒業生だそうですね。ご存じですか」

　武林は沈痛な顔つきになった。

「僕のゼミの生徒でした。教授になってすぐの……。本当に可哀想《かわいそう》なことをしました」

「まあ、そうだったんですか」

　恵は世間話のように言って、それ以後はこの話題に触れなかった。訊くべきことは訊いた。

　それからぽつりぽつりとお客さんが入ってきて、八時前には満席になった。新見と武林は、それを見て腰を上げた。

　二人が帰ると、まだお客さんがいるにもかかわらず、恵はスマートフォンを握り、店の外に向かった。

コール五回で真行寺が出た。

「すみません、急用です」

緊張した声のまま、ボリュームだけ落として語りかけた。

「浄治大文学部、新聞学科教授の武林卓の身辺を調べて下さい。イニシャルはS・T。豊川さんと同じです」

返答はないが、恵の話を注意深く聞いているのが分かった。

「間違いなく、武林はサイコパスです。ひなのさんを自殺に追い込んだのは、あの男です」

「……分かった」

短い答えがあって通話が切れた。恵は安堵の溜息を漏らし、すぐに店内に戻った。

「ママさん、生ビール、お代わり！」

「はーい！」

お客さんの声に、勢いよく返事をした。

翌日のことだった。

九時を過ぎ、カウンターが空き始めた頃、大友《おおとも》まいと浦辺佐那子《うらべさなこ》が揃って店に現れた。

「いらっしゃいませ。お久しぶり……ってほどでもないですね」

「でも、二週間ぶりだから、結構ご無沙汰《ぶさた》よ」

佐那子はバッグから白檀《びゃくだん》の扇《おうぎ》を取り出し、パタパタとあおいだ。

「ああ、暑い。やっぱり生ビールかしら」

「私も、小ね」

今日の大皿料理はすでに二品が売り切れた。残っているのは枝豆、オクラの煮浸《にびた》し、空心菜のXO醬炒めの三品。

まいはオクラ、佐那子は枝豆を選んだ。二人とも軽く食事を済ませてきたので、お腹は空《す》いていないという。

「もしかして、婚活？」

「そうなのよ！」

二人は声を揃えた。

「それがあんまりメンツが良くなくて」

「今までで最低だったわね」

二人は生ビールで乾杯し、芳《かんば》しくなかった今日の婚活パーティーを肴《さかな》に、楽しそうに喋《しゃべ》り始めた。

それから三十分ほどすると、先に来ていたお客さんたちは帰り始め、カウンターには、まいと佐那子の二人が残った。

「今日は早仕舞いして、私も飲んじゃおうかな」

恵は自分のグラスを取り出した。今日の目玉は、ホタテのバター醤油焼きに合わせて仕入れた銘酒而今《じこん》。希少な高級酒だが、つい買ってしまった。

「お宅、来週お店、どうなさるの？」

「考え中なんです。祝日とお盆が三日でしょ。週のうち二日だけ開けるのも、何だかねえ」

「思い切って休んじゃえば？　失礼だけど、どうせ来週はお客さま来ませんよ。夏休みという人も多いし」

「ま、取り敢えず今日は閉めます。邪魔は入らないから、ゆっくりして下さいね」

恵がカウンターから出ようとしたとき、新見が店に飛び込んできた。なにやら勢い込んで、身体が前のめりになっている。

「まあ、いらっしゃ……」

「レディ・ムーンライト！」

新見はカウンターに両手をついた。

「娘の結婚が決まりました！」

恵は頰が緩んだ。晶はやっと父親に報告したと見える。

「それは、おめでとうございます」

まいと佐那子も口々に祝福の言葉を述べた。

「みんな、あなたのお陰です」

新見はカウンターに額がつくほど深く頭を垂れた。

「どうぞ、お座り下さい。祝杯といきましょう」

新見はやっと腰を下ろした。

「さっきまで、娘と貴史くんと三人で、食事をしていました。二人はこれから二次会です。貴史くんは今夜ホテルに泊まるので、ひょっとして娘も帰ってこないかも知れません。いや、そうなって欲しい」

女性三人は小さく微笑んだ。

「それで、この喜びを誰かと分かち合いたいと思って、こちらに伺ったんです」

「嬉しいです。私も代理婚活に出た甲斐《かい》がありました」

恵は新見にグラスを差し出し、而今を注いだ。

「お店からです」

新見は三人とグラスを合わせ、一息に呑《の》み干した。

「ああ、こんな美味《うま》い酒は呑んだことがない」

而今の美味さに今の喜びが加わったのだから、それは比類のない美味さだろう。

「ところで晶さん、結婚後も東京に？」

「いや、今担当している案件が一段落したら、入籍して貴史くんの家で暮らすと言ってました」

「それは……大きな決断をなさいましたね」

「娘も色々考えたようですが、貴史くんとの生活を優先したいと思ったそうです」

だが、弁護士は続ける意向だった。晶が勤めている事務所の所長の友人が、千葉市内で法律事務所を経営しているが、所員が一人独立したので、補充の弁護士を探しているという。そこへ移籍することが決まった。

「まあ、すごい。良かったですねえ」

「ただし、待遇はパートみたいなもんだそうです。娘はパートで弁護士を続けながら、農家の仕事も手伝うと言ってます。出来るかどうか分かりませんが、本人にそういう気持ちがあるのが大事だと思うんです」

新見は女性三人の顔を順番に見ていった。

「これで娘は大丈夫です。私はもう、いつ死んでも構わない」

「ねえ、新見さん」

佐那子が強い口調で言った。

「この前も思ったんですけど、あなたは『死んでも良い』を使いすぎです。まだお若いのに、本当にお迎えが来たらどうするの？」

新見は寂しげに微笑み、目を伏せた。

「お迎えはそこまで来ています」

新見の顔に浮かんだ表情は、諦念《ていねん》と言うべきものだった。

「今年の初め、癌《がん》が見つかりました。スキルス性胃癌ですでにステージ4でした。そして、余命半年を宣告されました」

恵は驚いて新見の顔を見直し、佐那子とまいも言葉を失っていた。

「晶さんは、それを？」

「知りません。いざというときまで知らせるつもりもありません。折角結婚が決まって最高に楽しい時間を、死んでいく父親の心配で、すり減らして欲しくない」

新見の声音《こわね》は静かだが、強い意志が感じられた。

「私の家内は乳癌で亡くなりました。三年間、手術と転移と化学療法を繰り返した闘病の末に。その姿を見ていたので、私は闘病をやめました。完治の可能性がないのに、入院生活を送って時間を無駄にしたくないんです」

残り半年で晶を残して死なねばならぬと分かって、新見の心は決まった。晶の結婚相手を探す。そして、信頼出来る男性に晶の将来を託したい。

「それまでは、死んでも死にきれない。そう思って頑張ってきました。だから、もう死んでもいい……」

佐那子は目に涙を浮かべ、唇を震わせた。口を開いたら泣き出してしまいそうだ。

「皆さんのお陰です。本当にありがとうございました」

新見がもう一度頭を下げようと身動きしたとき、恵がストップをかけた。

「新見さん、あなた、死にませんよ」

新見は幼児のいたずらをたしなめるように首を振った。

「気休めは結構。CTとMRIでハッキリ……」

「他の人のカルテと間違えたんじゃないですか」

侮辱でも受けたかのように、新見の頬が朱に染まった。

「何を、バカな！」

「だって、黒点が見えないんですもの。癌で死にかかってるなら見えるはずなんです。でも、何もない」

恵は背筋を伸ばして新見を見下ろした。

「別の病院へ行って、もう一度検査した方が良いですよ。絶対何もないですから」

佐那子が恵の方へ身を乗り出した。

「それ、本当なの？」

「はい。私、末期癌の人いっぱい見てきたんです。元占い師の名誉にかけて、絶対に間違いはありません。新見さんは健康です」

恵は神託を告げる巫女《みこ》のように、厳《おごそ》かに胸を張った。

新見の表情が唖然呆然《あぜんぼうぜん》から驚愕《きょうがく》へ、そして歓喜へと移り変わった。

「そ、そんな……それは……それでは……⁉」

佐那子が立ち上がり、新見の肩を抱きしめた。

「ああ、良かった！　良かった！」

佐那子があわてて身を離すと、新見は佐那子の手を取り、両手で握りしめた。何か言いたいのに言葉が出てこない様子だった。

「余命半年なんて宣告受けたら、元気な人だって胃が痛くなるし、心配で夜眠れなくなりますよ。頭痛だってするかも」

佐那子だけでなく、新見の頭の後ろにも明るいオレンジ色の光が灯《とも》り、小さく光り始めた。

恵はその光景を見届けて、何度も頷いた。


八日の土曜日、恵は少し浮かれながら開店準備をしていた。明日から八日間、店はお休みする。山奥の温泉で骨休みする予定だった。

開店一時間前に、入り口が開いて真行寺が入ってきた。

「あら、いらっしゃい」

恵はたちまち気を引き締めた。開店前のこんな時間に店に来たのは、電話では憚《はばか》られる話があるからだ。それは武林卓の情報しかあり得ない。

「お前の言う通り、武林はとんでもない野郎だった」

真行寺はカウンターの真ん中に座った。

「頭脳明晰《めいせき》で仕事が出来て、見た目も良くて人垂らし。男も女もコロッと欺《だま》されて、奴の術中にはまる。しかし……」

真行寺は一度言葉を切って、苦《にが》いものを呑み込んだように顔をしかめた。

「あれは何というのかな……真性サディスト？　とにかく付き合った女は、みんなひどい目に遭ってる。虐待の被害者と同じく、自分が悪いからだと思い込まされてるから、誰も声を上げない。精神を支配して、奴隷《どれい》にして、最後は破滅させるんだ」

真行寺は汚物を振り払うように頭を振った。

「和田が一番直近の犠牲者だった。後になるほど被害が甚大《じんだい》になっている。遣《や》り口が巧妙になり、なおかつエスカレートしてるんだな。だから和田は自殺にまで追い込まれた」

武林の行状は恵の予想していた通りだった。

「武林に妻子はないの？」

「離婚歴あり。アメリカ留学中に結婚して、帰国する前に別れている。独身だから、結婚をエサに釣る手も使える」

「このまま武林を野放しにしておくのは我慢出来ないわ。何とか罪を償《つぐな》わせることは出来ないかしら？」

文字通り、天誅《てんちゅう》を加えてやりたい。

「奴はいずれ自滅する」

真行寺は椅子から立ち上がった。

「どうして分かるの？」

「風評被害だ」

唇の片端が吊り上がり、冷徹な笑みが浮かんだ。

「ここまで派手にやっといて、世間にバレないと思ったら甘い。噂《うわさ》の火は最初は小さいが、ジワジワ広がり、奴が気が付いたときは手遅れだ。火だるまになる」

真行寺が何を仕掛けたのかは知らない。だが、恵は成功すると信じている。和田ひなのも応援しているはずだ。

「ご健闘をお祈りしています。頑張ってね」

「お前も、婚活に身を入れろよ」

真行寺は例によって憎まれ口を利《き》き、帰っていった。

その日は開店すると間もなく、矢野亮太《やのりょうた》と真帆《まほ》が夫婦揃って来店した。

「何か、良いことあったでしょ？」

「分かる？」

「そりゃあね。二人とも舞い上がってるもん」

亮太は右手を伸ばし、親指を立てるポーズをした。

「実は、真帆さん、渓流社《けいりゅうしゃ》から本を出すことが決まりました！」

渓流社は日本でも指折りの大手出版社である。

「すごいじゃない！　おめでとう！」

「ママさんと優菜《ゆうな》さんにお礼が言いたくて」

ネットに載せた論文に目を留めた編集者が、一般向けの新書に書き直さないかと声をかけてくれたという。

「目の付けどころがユニークで、内容も面白いけど、文章や表現が固いから手直しが必要らしい。でも、渓流新書なんて、すごいよね」

亮太は子供が宝物を自慢するような顔で言った。恵は微笑を誘われた。

「真帆さん、今までの苦労が報われたじゃない。これからはもっと味方が増えるわ。思いっきり書けるわよ」

真帆は目を潤《うる》ませて、何度も頷いた。

三人が生ビールで祝杯を挙げようとしたとき、新しいカップルが入ってきた。

新見と佐那子だった。佐那子は新見の腕に自分の腕を絡《から》ませていた。それを見ればすべては明らかだった。二人の後ろに灯った光は、この前より大きく明るくなっている。

「すみません。今日はちょっとご報告に参りました」

新見の顔には恥じらいが浮かんでいたが、佐那子は幸せそうだった。

「お二人は結婚なさるんですね？」

「はい。私は彼女の強さと前向きな姿勢に度々《たびたび》感動を覚えましたが、自分の病気を思うと目の前が真っ暗で、わざと考えないようにしてきました。どうせ、もうすぐ死ぬのだと諦めて」

「それが、恵さんの言った通り！　別の病院で検査したら、癌なんか全然なかったのよ」

「自分にもまだ人生があると分かると、もう、残り時間を無駄に出来なくなりました。一緒に過ごせる時間は若い人より短い。それなら、一刻も早く結婚したいと」

佐那子は茶目《ちゃめ》っ気《け》のある笑顔で付け加えた。

「ただし、事実婚よ。私たち、二人ともしがらみがあるから、法律にまで縛《しば》られないようにしようって決めたの」

新見は愛《いと》しげに佐那子の横顔を見下ろした。

「私は彼女の、この強さが好きなんです」

高齢カップルの様子を見ていた亮太と真帆が、大きく拍手した。

「カッコいい！」

「ステキだわ！」

新見は照れて頭を掻《か》き、佐那子は若い二人に投げキスを送った。

恵は背筋を伸ばし、胸の前で両手をX字形に交差させ、高らかに宣言した。

「お二人の未来に光あれ！」


〈了〉

『婚活食堂3』レシピ集

○新キャベツとスモークサーモンの重ね漬《づ》け

〈材　料〉2～3人分
新キャベツの葉4枚　スモークサーモン65～100g
塩麴《しおこうじ》35～50g　塩大匙《さじ》2分の1

〈作り方〉
①ポリ袋に、塩と水カップ2分の1を入れて混ぜ合わせる。
②芯《しん》の厚みを削《そ》いだキャベツの葉を、ポリ袋に入れて口を閉じ、15分ほど室温で置き、しんなりしたら取り出して水気を切る。
③別のポリ袋にキャベツの葉1枚を広げ、スモークサーモンを上に並べ、塩麴適量を載せて全面に伸ばす。その上に更にキャベツの葉を置き、同じようにスモークサーモンと塩麴を重ねてゆき、最後に4枚目のキャベツの葉を置く。
④ポリ袋の口を閉じて、室温で1時間置く。
⑤食べやすく切って器に盛る。

○鯛《たい》の昆《こ》布《ぶ》締《じ》め

〈材　料〉2人分
鯛の冊《さく》1枚（刺身なら2人前）　昆布《こんぶ》　鯛

の冊の長さ×２
酒・塩各少々

〈作り方〉
①キッチンペーパーに酒を含ませ、昆布の表面を拭《ふ》く。
②鯛に塩を振り、満遍なく馴染《なじ》ませる。
③昆布の上に鯛の冊を載せ（刺身なら冊状にくっつけて置く）、上から更に昆布をかぶせてラップで包む。
④冷蔵庫で６～24時間寝かせたら、切って盛り付ける。

☆もっと簡単に作りたい人は、塩昆布（千切り）30ｇと鯛の刺身をポリ袋に入れて密閉し、室温で１～２時間置けば出来上がり。

○ホタルイカとウドのぬた

〈材　料〉２人分
ホタルイカ１パック　ウド１本（大きければ半分か３分の２で）
白味噌《しろみそ》大匙２　酢大匙１　砂糖大匙１
酒大匙１　練《ね》り辛子《がらし》少々

〈作り方〉
①ウドは皮を剝《む》いて長さ４㎝くらいの薄めの短冊に切り、水に晒《さら》す。
②ホタルイカは目を取る。丁寧にやるなら、足の付け根の玉も取る。
③鍋《なべ》に白味噌と酒を入れて弱火に掛けて練り、アルコールが飛んだら酢と砂糖を加えて練り、最後に練り辛子を入れて火を止める。
④ウドの水気を切り、ホタルイカ、酢味噌

と混ぜ合わせる。

☆酢の代わりに、柚子《ゆず》や酢橘《すだち》の搾《しぼ》り汁を使っても美味《おい》しい。

☆面倒なら、辛子酢味噌は市販の品を使ってもOKです。

○カツオのカルパッチョ

〈材　料〉2人分

カツオの刺身（またはタタキ）2人分

新玉ネギ4分の1　バジル適宜

塩・胡椒各少々　ニンニク2片　オリーブオイル大匙2〜3

レモン汁お好みで

〈作り方〉

①カツオはそぎ切りにし、塩・胡椒してしばらく置き、キッチンペーパーで水気を吸い取っておく。

②ニンニクは擂り下ろし、オリーブオイル、塩を入れて混ぜ合わせる（A）。

③皿にカツオを並べてスライスした新玉ネギとバジルを散らし、Aを回しかける。

☆レモン汁はお好みで振りかけて下さい。Aに醤油《しょうゆ》を加えても美味しいです。

○長芋《ながいも》と鱈《たら》の味噌炒め

〈材　料〉2人分

鱈2切れ　長芋中1本（切った状態で150〜200g）

オリーブオイル大匙2　マヨネーズ大匙2　塩・胡椒各少々　パセリ（生でも乾燥でも良い）適宜

A：味噌大匙1　醬油大匙1　練《ね》り胡《ご》麻《ま》（白）大匙1　みりん大匙2分の1
生クリーム40cc　昆布出汁《だし》20cc

〈作り方〉
①鱈は一口大に切り、長芋は皮を剝いて半月切りにする。
②Aの材料をよく混ぜ合わせる。
③フライパンにオリーブオイルを入れて熱し、鱈と長芋を炒《いた》め、Aを入れて火を通す。マヨネーズを加え、最後に塩・胡椒で味を調える。
④皿に盛って、パセリのみじん切り（または乾燥パセリ）を振りかける。

○トマトのファルシー

〈材　料〉2人分
トマト中2個　卵1個　アボカド2分の1個　玉ネギ2分の1個
マヨネーズ大匙2（適宜）　塩・胡椒各少々

〈作り方〉
①トマトの上5分の1ほどをヘタごと切り落とす。
②トマトの中身（種の部分）をくり抜く。卵は固茹《かたゆ》でにして、粗みじんに切る。
③アボカドも種を外し、実を粗みじんに切る。
④玉ネギはみじん切りにして、水に晒して搾る。
⑤茹で卵・アボカド・玉ネギをマヨネーズで和《あ》え、塩・胡椒で味を調えたら、トマトに詰める。
⑥ヘタ部分を蓋《ふた》のようにして、トマトに立

てかけるとおしゃれ。

☆ファルシーの具材は他にも数々あって、焼いて食べるレシピもあります。簡単で見栄《みば》えのする料理なので、色々とお試し下さい。

○新じゃがの冷製クリームスープ

〈材　料〉3〜4人分

新じゃが6個（300gくらい）　玉ネギ1個

牛乳500cc　生クリーム100cc

バター15g　コンソメ顆粒《かりゅう》適宜　塩少々　パセリ適宜

〈作り方〉

①新じゃがは皮を剝いて薄切り。玉ネギもスライス。

②鍋にバターを溶かし、新じゃがと玉ネギを炒めたら水300cc（分量外）を加え、軟らかくなるまで煮る。

③牛乳とコンソメ顆粒を適宜加え、沸騰寸前まで加熱する。

④あら熱が取れたらブレンダー（ミキサー）に掛け、生クリームを加えて塩で味を調える。冷蔵庫で冷たく冷やして出来上がり。

⑤仕上げに、パセリのみじん切りなど散らすと美しい。

○夏野菜のバーニャカウダ

〈材　料〉2〜3人分

ニンニク3片　アンチョビ6枚

オリーブオイル100cc　牛乳100

cc　生クリーム50cc　塩・胡椒少々
夏野菜適宜

〈作り方〉

①鍋にニンニクと牛乳を入れて火に掛け、沸騰したら中火で15〜20分ほど煮る。

②あら熱が取れたら、鍋の中身とアンチョビをブレンダー（ミキサー）に掛ける（A）。

③鍋にAとオリーブオイルを入れて火に掛け、混ぜ合わせながら沸騰しないように弱火で煮て、生クリームを加えて塩・胡椒で味を調え、火を止める。

☆バーニャカウダソースが温かいうちに、野菜に付けて召し上がれ。

☆野菜は生で食べられるものなら何でも合います。

○ゴーヤとツナのサラダ

〈材　料〉2〜3人分

ゴーヤ1本　ノンオイルツナ缶1個
玉ネギ小1個
塩少々　マヨネーズ適宜

〈作り方〉

①ゴーヤは縦に切って種を取り、厚さ2〜3㎜くらいに切る。

②玉ネギは薄くスライスして水に晒し、水気を搾る。

③鍋に湯を沸かして塩を入れ、沸騰したらゴーヤを1分ほど茹でる。ゴーヤはサッと水洗いして水気を切り、玉ネギスライス、ツナ缶と一緒にマヨネーズで和《あ》える。

☆カレー粉を少し混ぜても美味しいです。
☆オイルツナ缶を使うときは、ポン酢和えもお勧めです。

○空心菜《くうしんさい》のXO醤《ジャン》炒め

〈材　料〉２人分
空心菜２束
XO醤大匙２　ニンニク１片　サラダ油大匙２　酒小匙１〜２

〈作り方〉
①空心菜は５㎝くらいの長さに切り、ニンニクはみじん切りにする。
②フライパンにサラダ油を入れて火に掛け、ニンニクとXO醤を20秒ほど加熱する。
③空心菜を入れ、酒を振って強火で炒める。
④空心菜がしんなりしたら出来上がり。
☆空心菜はニンニクと中華スープで、あっさり塩味に炒めても美味です。夏になったらお試し下さい。

この物語はフィクションです。
実在の人物・団体などには一切関係ありません。
本書は、書き下ろし作品です。

著者紹介
山口恵以子（やまぐち　えいこ）
1958年、東京都江戸川区生まれ。早稲田大学文学部卒業。松竹シナリオ研究所で学び、脚本家を目指し、プロットライターとして活動。その後、丸の内新聞事業協同組合の社員食堂に勤務しながら、小説の執筆に取り組む。2007年、『邪剣始末』で作家デビュー。2013年、『月下上海』で第20回松本清張賞を受賞。その他の著書に「食堂のおばちゃん」「婚活食堂」シリーズや『風待心中』『毒母ですが、なにか』『食堂メッシタ』『夜の塩』『いつでも母と』『食堂のおばちゃんの「人生はいつも崖っぷち」』などがある。

ＰＨＰ文芸文庫　婚活食堂３

2020年６月２日　第１版第１刷
2023年４月７日　第１版第５刷

著　者　　山口恵以子
発行者　　永田貴之
発行所　　株式会社ＰＨＰ研究所
東京本部　〒135-8137 江東区豊洲5-6-52
文化事業部　☎03-3520-9620（編集）
普及部　☎03-3520-9630（販売）
京都本部　〒601-8411 京都市南区西九条北ノ内町11
PHP INTERFACE　https://www.php.co.jp/
組　版　　朝日メディアインターナショナル株式会社
印刷所　　図書印刷株式会社
製本所　　東京美術紙工協業組合

ISBN978-4-569-90060-5

PHP文芸文庫

本所おけら長屋(一)~(十四)

畠山健二 著

江戸は本所深川を舞台に繰り広げられる、笑いあり、涙ありの人情時代小説。古典落語テイストで人情の機微を描いた大人気シリーズ。

PHP文芸文庫

鯖《さば》猫《ねこ》長屋ふしぎ草紙（一）〜（八）

田牧大和 著

事件を解決するのは、鯖猫!? わけありな人たちがいっぱいの「鯖猫長屋」で、不可思議な出来事が……。大江戸謎解き人情ばなし。

PHP文芸文庫

おいち不思議がたりシリーズ

あさのあつこ 著

舞台は江戸。この世に思いを残して死んだ人の姿が見える「不思議な能力」を持つ少女おいちの、悩みと成長を描いたエンターテイメント。

PHP文芸文庫

第26回柴田錬三郎賞受賞作

夢幻花《むげんばな》

東野圭吾 著

殺された老人。手がかりは、黄色いアサガオだった。宿命を背負った者たちが織りなす人間ドラマ、深まる謎、衝撃の結末——。禁断の花をめぐるミステリ。

PHP文芸文庫

風待《かぜまち》心中

山口恵以子 著

江戸の町で次々と起こる凄惨な殺人事件、そして驚愕の結末！　男と女、親と子の葛藤が渦巻く、一気読み必至の長編時代ミステリー。

PHP文芸文庫

婚活食堂 1

山口恵以子 著

名物おでんと絶品料理が並ぶ「めぐみ食堂」には、様々な恋の悩みを抱えた客が訪れて……。心もお腹も満たされるハートフルストーリー。

PHP文芸文庫

婚活食堂 2

山口恵以子 著

幸せは食と共にあり。元占い師の女将の美味しい料理と〝人を見る力〟が常連客の結婚に関する悩みを解決する、人気シリーズ第2弾。